桂岳诗派

王先霈 / 主编

风从故乡来

◎ 谢克强 著

华中师范大学出版社

新出图证(鄂)字 10 号
图书在版编目(CIP)数据

风从故乡来 / 谢克强著. -- 武汉：华中师范大学出版社，2024.12. --（桂岳诗派 / 王先霈主编）. ISBN 978-7-5769-0615-8

Ⅰ.I227

中国国家版本馆 CIP 数据核字第 2024CU9177 号

风从故乡来
FENG CONG GUXIANG LAI

ⓒ 谢克强 著

责任编辑：张怀东	责任校对：周思思

封面设计：罗明波

编辑室：学术出版分社　　　电话：027-67863220
出版发行：华中师范大学出版社有限责任公司
社　址：湖北省武汉市洪山区珞喻路 152 号　邮编：430079
销售电话：027-67863426（发行部）
网　址：http://press.ccnu.edu.cn
电子信箱：press@mail.ccnu.edu.cn
印　刷：武汉精一佳印刷有限公司　　　督印：刘　敏
开　本：880mm×1230mm　1/32　　　总印张：98.125
版　次：2024 年 12 月第 1 版　　　印次：2024 年 12 月第 1 次印刷
总字数：1950 千字　　　总定价：898.00 元（全十二册）

欢迎上网查询、购书

敬告读者：欢迎举报盗版，请打举报电话 027-67867353

ISBN 978-7-5769-0615-8

《桂岳诗派》编委会

主　编　王先霈
顾　问　蔡红生
主　任　秦　恒　付义朝
副主任　钟文锐
成　员　李　晶　谢　琴　魏耀武
　　　　周　义　宋汉涛　沈　思
　　　　任梦璐

前　　言

　　校园诗人历来是当代中国文学的一支劲旅。从桂子山走出去、现已故去的知名诗人，新体诗有光未然、曾卓、董宏猷等，旧体诗有陶军、黄弗同、佘斯大等。目前活跃在诗坛上的则更多。

　　华中师范大学党委宣传部和出版社从校园文化建设的角度出发，策划出版《桂岳诗派》一书。华中师范大学出版社于1997年到2011年曾陆续出版过名为"桂岳书系"的系列丛书。该丛书编辑出版的目的在于"从根本上强化学校的建设，使高等学校稳稳地站立在文化的峰顶"。因此，这次策划出版《桂岳诗派》，在拟定选题名称上也借鉴了"桂岳"之名。

　　本套书在入选诗人的标准方面，经过多次讨论，最后确定的原则是：其一，只选目前健在的诗人；其二，以中青年诗人为主体，部分年长的诗人只要创作仍然活跃，亦可选入；其三，既可以选新体诗人，也可以选旧体诗人；其四，以华中师范大学校友出身的诗人为主体。秉承上述原则，刘益善、谢克强、李少君、张执浩、李强、余仲廉、邹惟山、段维、姚泉名、胡均华、剑男、易飞的优秀诗作入选《桂岳诗派》。12位诗人中有10位为华中师范大学校友，个别诗人虽未曾在桂子山求学、任教，但长期关注、支持华中师范大学诗教工作，高度认可"桂岳诗派"，为展现华中师范大学诗教工作既立足桂子山，又走出桂子山的博大和开放理念，我们也谨慎将之选入。

从入选的12名诗人的诗体来看，新体诗人占了9位，旧体诗人只占3位。这与当下新体诗的"强势地位"是吻合的。但新旧体诗从来不应该对立，而应该相互借鉴、相融共生。从诗歌的源头来看，旧体诗是新体诗的源头。新体诗在"五四"时期才从旧体诗的母体中分娩出来，自立门户。旧体诗有2500多年的历史，而新体诗的历史不过百年。现在就说新体诗一定会比旧体诗有前途，恐怕太过武断。新体诗还在不断嬗变中，将来走向何方谁也说不清楚。但可以肯定的是旧体诗不可能消亡，它会在不同时代因融入时代特色而卓然生辉。当然，新体诗完全可以从旧体诗中吸收有益的营养，发挥旧体诗所不具备的相对自由表达的优长，不断地去完善自己。从历史上来看，那些著名的新体诗的倡导者如胡适、闻一多、何其芳等，其旧体诗功底都极为深厚；而像徐志摩、戴望舒、余光中、郑愁予等，其新体诗中都充盈着旧体诗的元素。

刘益善从华中师范大学毕业后，长期在文艺单位工作，曾任湖北省作协副主席和《长江文艺》杂志社社长、主编，培养过众多的作家和诗人。他的《翠柳街》主要是对当下日常生活的思考，遥远乡村岁月的记忆，浩浩长江上的感悟，革命年代人事的叙写，是一种多声部的合唱。作者用朴实晓畅的诗句，书写了城市繁华中那留在小街的乡愁，乡村振兴后那遗留在一隅的旧屋,那挂在奔腾的万里长江江面的夕阳,大别山里的一响而聚众四十八万的铜锣,民主人士的最后演讲,深藏功名六十五载的老兵。诗里有长吟、有短咏,充满了激情和深情,有不绝如缕的思恋。

谢克强是一位相当活跃的诗人,曾任湖北省作家协会驻会副主席、《长江文艺》副主编、《中国诗歌》执行主编,对于作家和诗人而言也是一位知名的伯乐。他的诗集《风从故乡来》所收作品主要是其近期所作,无论是故乡的风、父亲的土地、母亲的炊烟、儿时的往事,还是阔别多年重回故土的万千感怀,都使诗人将乡情乡愁作了一番诗意的诠释。这种诠释已不再是乡情乡愁,而是一种根的哲学、一种人生与命运的诠释。诗人以质朴的语言、真挚的情感、不凡的构思,将实与虚巧妙结合,更将具象升华为意象,不仅营造出诗的情感境界,也使诗作获得美的意蕴,因而既给人以思想启迪,又给人以审美愉悦。

李少君曾任《天涯》杂志主编,现为《诗刊》主编,不少新体诗人视其为"掌门人"。《心学集》是他二十多年来的诗歌结集。二十多年来,他从天涯海角到京城,从祖国大地到世界各地,以诗为证,描述所见所闻,记录生活印迹,抒发内心情感,留下思考感悟。他遵循的诗歌原则是:诗歌是一种心学,诗歌更是一种情学,诗歌应该为世界提供意义;在勤奋开拓和孜孜劳作中,在人与诗的互证中,可以诗意地栖居在世界之上。

张执浩是一位新锐诗人,现为湖北省作协副主席、武汉市文联文学院院长,曾获第七届鲁迅文学奖。《每一次告别都是阳关三叠》收录他21世纪以来创作的自己比较喜欢的作品，侧重于呈现日常生活中的情感面貌，在对亲情、友情、爱情的书写中，呈现出诗人成熟浑厚的语言技艺，展现出轻言细语、委婉随性的美学质地，并由此形成了诗人"目击成诗，脱口而出"的诗歌风格。

李强是一位公务员出身的诗人，据说其爱诗成癖，真的到了看淡名利的境界。其诗集《武汉来了》分为上下两辑。上辑写"第一家乡"红色苏区龙港，下辑写"第二家乡"英雄城市武汉，这几乎囊括了作者全部的人生。写龙港的纯粹一些，作者梦回童年、少年，看山水草木、人情世故，如一首美丽的乡村咏叹调。写武汉的丰富一些，诗人从17岁开始读书工作于此，任职于省、市、区三级党政机关，以及大专院校、国有企业，对武汉的感受是整体的，又是具体的，他的诗如一首英雄城市进行曲。

余仲廉是一位知名的慈善家，他创建的博昊基金会已资助贫困大学生两千多人。他也是一位颇有名气的文化人，在哲学、美学、书法和书法评论等方面均有相当深厚的造诣。他经历丰富、爱好广泛，写诗可能只是"余事"，却出版了十几本诗集。他的诗集《我的所有》收录了其近年来创作的部分新诗，题材与内容很丰富，风格也十分鲜明。他以哲学思考着眼于存在，以哲学思维投注于生活，将身处世界、社会的所见所闻和所感所思以及对人生、自然、历史与文化等问题的思考转化成诗。因此，他的诗歌有着独特的思想感悟、深刻的人生哲理，不仅内在的思想相当突出，而且外在的感性也得到了保存，诗与思比较好地融合在了一起。

邹惟山是华中师范大学文学院的教授，以文学地理学研究和十四行组诗写作见长，曾任《中国诗歌》副主编、《外国文学研究》副主编、《世界文学评论》主编。他至少属于教学、科研、创作三栖人才。他于诗新旧兼修，又力图在形式上有所创新。《桂岳集》是他开始无韵自由体创作之后的第一部诗集，收录了他最近三年的部分诗作，大致以编年体的方式呈现。这些作品主要表现了他在行旅中的所见所闻，但并不限于目之所及和耳之所闻，而是可以由此及彼、由表及里，抒发了他对世界大局与中国命运的思考，以及对于人生意义与自然存在的探索，具有一定的深度与广度，同时也富于诗情与画意。

段维在华中师范大学出版社做了30年编辑，任副总编、总编近20年，后来改做党务工作，现为中华诗词学会乡村诗词工作委员会主任、湖北省中华诗词学会会长。他的本科、硕士以及博士学的都是政治学，但不少人最初以为他是学中文的。其诗集《一生知己是文章》收录了其在2021年1月—2024年5月间创作的旧体诗词作品。他称自己的创作题材大致有三类，简称"三园"，即"故园""校园"和"政园"（时政诗）。他是一个有着明确目标追求的旧体诗人和诗学研究者，在守正创新方面取得了较好的平衡。他的时政诗一开始主要采用七律体裁，探讨意指的多重性和句式的多样性，后来这种风格也渗透到其他题材之中，被诗评界称为"不言体"（段维字不言）。而在词的创作方面，他又尽量保持词之要眇宜修的本性，尤其是小令还保留着花间词的气息，长调则呈现豪放与婉约兼具的特征。他的故园诗词，对父亲的书写别具一格，这是其他旧体诗人很少涉足的题材。他对校园诗词有着自己的定义，认为校园诗人所写的诗词并非一定就是校园诗词，而是只有写出了校园特色的诗词才是校园诗词。他写的学生宿舍搬家、学生晒被子、学生云上毕业论文答辩、校园防疫等题材，无不深入师生的个性生活之中。

姚泉名早年从事语文教学，现任中华诗词学会乡村诗词工作委员会副主任兼秘书长、湖北省荆门聂绀弩诗词研究基金会代理事长，可谓是专业的旧体诗人了。其诗集《掬来一捧手如蓝》收录了其在2010—2023年间创作的诗词作品400余首，在"雅正出奇，求正创新"的理念下，他以传统诗词抒写古今之事、感发天地之音。其笔下的人事景物，无不是其在游历过程中对历史的追索、对时空的叩问、对禅道的妙悟、对山水的感知、对民情的回放、对风俗的描绘、对朋友的酬唱、对世事的体会。他的作品创造性地融合古今元素，恰如其分地将当代思维与时代语言揉入古典诗词创作中，既展现了传统诗词的古雅之美，又呈现了当代格律诗词的活力。

胡均华曾经当过语文教师，当过公务员，也曾下海经商，经历丰富，现任湖北省中华诗词学会副会长兼秘书长。其诗集《云水禅音细细吟》收录了其在2015—2024年间创作的诗词作品400余首。他秉承"写真生活，发真性情"的创作理念，多取材于现实生活，从所闻、所历、所感的日常过往中生发诗意，既见家国情怀，亦具市井烟火气息。

其在艺术表达上追求情景相生、清新自然的风格，注重对中华诗词经典作品章法、技法的精研考究，并应用于指导当今诗词创作实践，倡导并践行传承与创新并行、读与写结合、入情入境的诗词创作方式。描绘诗意的生活，表达生活的诗意，是《云水禅音细细吟》所刻意追求和努力呈现的。

剑男在华中师范大学文学院当过刊物编辑和教师，是一位低调而勤奋的诗人，作品曾获丁玲文学奖、湖北文学奖。其诗集《万物都有一个安静的去处》收录了其在2015—2024年间创作的诗歌作品200余首。该诗集聚焦诗人故乡幕阜山的自然山水和风土人情，以及生存于其间的父老乡亲们艰辛而淳朴的乡村生活，集中展现了诗人渴望通过诗歌重建人与自然关系的写作理想。剑男的诗歌注重人对自然的深度介入，既有精神的高蹈，也有对生活现场的热情灌注。故乡的一草一木在诗人笔下回归自身，自然和人作为本体被再次发现，在对朴素生活的观察中渗透着深刻的思考。

易飞早年在报社做过记者，后来在杂志社做过总编，兼写长篇小说，近几年转为新体诗创作与评论。据他自己说"算是找到了感觉"。其诗集《傍晚下起了阵雨》是其2020年回归诗歌后的作品结集。其诗作题材丰富，风格不断变化，饱含热情、勤勉和朴诚的精神，引起诗坛关注。其诗艺渐至精妙，且日臻浑圆，不断有佳作出现。特别是其"亲人系列"作品，情感深沉，含义幽微，别开生面，余味厚重。他近年开启"易飞掰诗"评论系列，精读文本，从一个写手的角度直言自身感受，其庄敬、实诚、直接的论诗风格为人所称道。

以上只是对 12 位诗人的作品进行一种浮光掠影式的浏览，旨在为读者勾勒出"桂岳诗派"的总体形象：每一位入选者都有自己的特色，集合在一起会爆发出巨大的能量。武汉大学有"珞珈诗派"，10 年前就树起了旗帜，影响不小。后起的"桂岳诗派"能否向"珞珈诗派"看齐，或者形成"比学赶帮超"的态势，则取决于华中师范大学诗人群体的共同努力。当下我国诗坛的诗派不是太多，而是太少，为什么不可以在学校提出建立"桂子学派"的同时，也建立一个影响广泛的"桂岳诗派"呢？同时，也希望我们的每一所重要的大学，都能结合自己的优势和特色，在这方面做出一个或多个样板来。

2024 年 6 月 28 日

谢家小塆的小（代序）

谢家小塆，实在够小的
不要说在全国地图上
就是在湖北省的地图上
也找不见她的踪影

谢家小塆再小
哪怕她小如一粒芝麻
可是在我的记忆里
却大如北京

只因这是埋我胞衣的地方
不管我走得多么远
她总用一根细细的丝线
牵连着我

就像鸟愧对营巢的树林
又像鱼愧对养育它的活水
更像根愧对拥抱它的土地
我愧对生我的村子

尤其是重新回到故土
那儿时许许多多的往事
都会一一浮现，让我知道
从哪儿来，往哪儿去

谢家小塆，确实太小了
小如一根小小的鞭子
常常狠狠抽打着我
让我隐隐生疼

2022年10月8日匆草于谢家小塆

目　录

上卷　回到出生地

乡恋 / 003

回到出生地 / 004

老家 / 006

老屋 / 007

　　一 / 007

　　二 / 009

乳名 / 010

村井 / 011

怀念一条河流 / 013

族谱 / 014

黄昏，在祠堂旧址 / 016

农谚 / 017

野菜 / 019

腊八粥 / 020

我是一棵果树 / 022

故乡的雨 / 024

田埂上的草 / 025

故乡路上 / 027

追着故乡的风 / 028

布谷鸟 / 030

蛙声 / 031

路过市委党校 / 033

与堂兄克健散步偶得 / 034

活着 / 036

落叶 / 037

风从故乡来 / 039

梦在故土之上 / 040

又闻鸡叫 / 042

归来吧,和我一起归来 / 043

民歌 / 045

夜,谁吹响芦笛 / 046

水边的桑 / 048

村树 / 049

  一 / 049

  二 / 051

悼一棵樟树 / 052

湖月 / 054

村里最后一头耕牛 / 055

老戏台 / 057

树语 / 058

过段慢日子 / 060

距离 / 061

养蜂人 / 063

摆渡人 / 064

谷雨时节 / 066

村头立交桥 / 067

晒谷场 / 069

老屋是让我怀想的 / 070

找一个词,替我 / 072

在故居,独饮 / 074

祈愿 / 075

麻雀 / 077

废墟 / 078

乡愁 / 080

  一 / 080

  二 / 081

中卷 土地、炊烟和我

父亲与土地 / 085

  一 / 085

  二 / 086

春牛图 / 087

选种 / 089

播种 / 090

站在田埂上的白鹭 / 092

瓦罐 / 093

稻草人 / 095

开镰 / 096

象征意义的雪 / 098

　　一 / 098

　　二 / 099

麦穗 / 100

纪念　棵树 / 102

犁与父亲 / 103

草帽 / 105

造屋 / 106

劈柴 / 108

塘边，一棵苦楝树 / 109

石头或墓碑 / 111

炊烟 / 112

草垛 / 114

纺车 / 115

连枷 / 117

盐罐 / 118

菜园 / 119

好想给姆妈照张相 / 121

创造的火光 / 122

拾穗 / 124

南瓜 / 125

挑水 / 127

灶火 / 128

祭祖 / 130

卖菜 / 131

剪窗花 / 133

缝补 / 134

洗衣曲 / 136

谒父亲母亲墓 / 137

一条小径 / 139

放牛 / 140

捕雀 / 142

地衣 / 143

中秋节 / 145

鸡蛋 / 146

元宵灯火 / 148

又到吃桑葚的时候 / 149

摘桃子 / 151

交换 / 152

挖藕 / 154

荷塘 / 155

队屋遗址 / 157

老屋门前的枣树 / 158

这些树 / 159

下卷　一个人的黄州

春醒 / 163

新绿 / 164

窗外的树 / 166

二月的风 / 167

春笋 / 169

问草 / 171

问雪 / 172

草地 / 174

春之声 / 175

草叶 / 177

蓓蕾 / 179

蝴蝶 / 180

迎春花 / 182

三月，我们播种 / 183

桃花汛 / 185

油菜花 / 186

春望 / 188

地米菜 / 189

雪祭 / 191

夜雨 / 192

燕归 / 194

农具　组诗 / 195

　　镰刀 / 195

　　锄头 / 197

　　犁 / 198

　　水车 / 199

　　铁锹 / 200

　　石磨 / 201

　　扁担 / 202

　　石碾 / 204

　　木锨 / 205

　　碓 / 206

粮食　组诗 / 207

　　小米 / 207

　　红高粱 / 208

　　玉米 / 210

　　谷粒 / 211

　　红薯 / 212

　　土豆 / 213

　　剥豌豆 / 214

　　一粒米 / 216

工匠　组诗 / 217

　　石匠 / 217

　　铁匠 / 218

木匠 / 220

磨刀人 / 221

篾匠 / 222

弹花匠 / 224

解匠 / 225

漆匠 / 226

剃头匠 / 227

泥瓦匠 / 229

一个人的黄州　组诗 / 230

在黄州城头，咏竹 / 230

一个人的黄州 / 231

品味黄州 / 233

夜游赤壁，怀东坡 / 234

在安国寺吃茶 / 235

安国寺钟声 / 236

垂钓，在白潭湖 / 238

遗爱湖观荷 / 239

清明节，回黄州 / 241

一座桥，简称鄂黄大桥 / 242

上 卷
回到出生地

乡 恋

走在回乡的路上,走得很慢
我要把离别五十年的时光
均分在记忆的路上

一幢幢新楼房,与路牌
在公路边竖起,踮起脚尖
和我一起眺望远方

一切都变了,又似曾熟悉
树上的鸟儿似知道我的心思
也想寻觅田野的芬芳

不见遍野的油菜花开
没有油菜花开,隔着记忆
自然闻不到稻谷飘香

黎明喊我上学的鸡叫声呢
和小伙伴一起偷吃的桑葚果呢
在谷垛里藏猫猫的禾场呢

祭祀列祖列宗的祠堂呢
生我养我的那老屋呢，还有
去外婆家的小路呢

好在塆前熟悉的水塘还在
时间在水塘里打着旋儿
似乎认出了我

这时一声春雷响起　老家
什么都变了　只有这声春雷
像我一样　乡音未改

2020 年 9 月匆草

回到出生地

来得及抖落都市风尘
村庄、山林和黄灿灿的油菜花
迎面远远地拥抱着我

风，像我一样自由自在
阳光，也不像城里那么拥挤

至于空气,新鲜得格外迷人

只是走在废弃的村路上
那些浸在田畴里的方言俚语
解不了我的惆怅与迷惘

这用泥土谷粒哺育我的故土
这用炊烟野花让我认识人间的故土
这用汗水农谚教我做人的故土

有时停在时间之外
有时又站在岁月之内,多少往事
如烟如缕,浮在心头

是呵,离开出生地多年
无论何处,除了思念就是忆念
要不,就梦回故土

而今,抚慰我的乡愁引我归来
不知能不能找到一块荒地,埋葬我
落寞孤独的暮年

2020 年 9 月匆草

老　　家

两条公路相互交叉着
交叉穿过一个古老的村子
这个村子有我的老家

曾经，布瓦排列的屋顶
将风雨冰雪挡在外面
墙壁洞开几扇窗子
除了可观赏四季幻变的风景
还可对换交流新鲜空气

至于那稻草铺的床垫
给我儿时几多美梦
还有土墙搭起的书桌
和土桌旁的壁橱
储满多个丢失的记忆

最是院子里那棵枣树
那枝头年年结满的香甜
不仅香甜了我儿时的味蕾

更将一个世袭家族的根
埋得很深很深

如今,纵然野草长满台阶
岁月锈蚀了门上的铜锁
她仍默默无语,站在故土
让我怀念只有我熟悉的
那些气息与亲情

好在门前的水塘没老
依然以青春洋溢的热情
滋润我的乡愁

2020 年 9 月匆草

老 屋

一

塘边的苦楝树下
老屋被风吹得簌簌直响
像一个垂暮的老人

闻不到姆妈的气味
也见不到冬日灶台的黄昏
和袅袅炊烟的黎明

只见脱漆的门窗斑斑驳驳
早已失去昔日那股精气神儿
垂头丧气地望着我

唯有那把身披铜锈的锁
似要沿着自己的思路锈下去
自然不认识怀揣的钥匙

最抢眼的是一张张蜘蛛网
慢条斯理,穿过斑驳的门窗
似要网住岁月的风雨

不必打开老屋的门了
等了这么久的老屋,没想到
只被我看了一眼

其实,呼唤乡愁的老屋
不仅是我心灵的路标
更是灵魂的家园

二

村主任打来电话,说
您老出生的老屋要拆了
想不想回来再看一眼

我没答应回去,我知道
再不回去看她一眼
就永远看不见了

老屋,曾经很温暖的窝
风雨来时,她给我遮风挡雨
没有风雨时,她给我梦

莫道少小离家,身处何处
可老屋出生时的那一根脐带
时时刻刻牵动着我

这不,每一次回到老家
梦里梦外的乡愁都不肯远去
只因房顶兽头,守着月落日出

如今,历经百年的风雨
老屋的雕花窗格,门扉石柱

都成了沧桑的代名词

所以，对于老屋
拆除与荒废，不是一回事呵
记忆，能拆除吗

2020年9月匆草

乳　名

仿佛唤醒沉睡的记忆
回到久违的故土上，我听到
一声声比风还温柔的声音
一声声比水还纯净的声音
呼唤我的乳名

我的乳名
却没有一丝一缕乳香
每每姆妈喊着我的乳名
我那长不大的乳名呵
总溅起饥饿的目光

后来,我的乳名
不是挂在秋后的枣树枝头
就是沉浸野藕初生的荷塘
更多时是镶在锋利的镰刀口
砍柴,割猪草,挖野菜

如今,睡在记忆深处的乳名
在久违的故土里醒了
这醒了的乳名,不仅叮嘱我
切莫忘了故土的养育之恩
也抚慰与温暖我的心

那是一颗漂泊在外几十年的
心呵

2020 年 9 月匆草

村　井

一代一代人都已死去
可井依然活着

活在村头那棵大槐树下
活在家园的纵深处
以清冽与甘甜,养育
一代一代人

是呵,泉水一样喷涌的井水
酒一般甘冽的井水
儿时,我常常跟着姆妈
提着水桶去井里汲水
望着井里映着的　小块天空
井的沉默,和深不可测的丰富
令我无比敬畏

是谁挖掘了这眼井呢
这气脉深沉的井
一年四季有舀不完的水
尤其是干旱的日子,井水
源源不绝,守着宁静的日子
有滋有味

最是归乡的游子
不知是寻找根脉还是胎记
总爱来到井边
以清冽甘甜的井水为酒

祭奠掘井的先人

1983 年 9 月匆草
2020 年 9 月再改

怀念一条河流

河水故意绕村弯了一下
似想告诉村民，前进的路
都是曲折的

小河，成了村子的一部分
自然爱在咸淡相宜的时光里
与村庄轻轻絮语

除了倒映姆妈洗衣的身影
河水，还以姆妈的情怀与爱
哺育我孱弱的童年

那时我常和小伙伴们
在恪守世道的河水里嬉闹
演绎惊涛拍岸的故事

过节了,我会坐在河灯里
在民俗之上,遥望祖祖辈辈
岸边劳作忙碌的身影

更多的时候,五谷丰登
村民会摆上祭品插上香火
拱手在河滩上祈祷

离开故乡多年后
乡愁袭来,我会铺开稿纸
好让河水溅湿我的诗

如今,这条小河干涸了
想着河床伤痕累累的样子
我怕我的记忆也干枯了

2020年9月匆草

族 谱

对于我们这支谢氏祖先
我一无所知,或知之甚少

他们都在一行行字里

据说,为逃脱那场劫难
父亲曾将它悄悄藏在,祖父
当年藏粮的夹墙里

穿过黄麻纺出的歌谣
走出石磨磨碎的日子
它才重见天日

拂去岁月散落的尘埃
只见谱页发黄的点点斑痕
像是谁滴下的泪
(是感慨根脉的深邃,还是
面对先人血与汗孕育的丰厚
问心有愧)

捧着一部线装的族谱
我知道,氏族的根在哪里
我辈又该如何续写

好在我的父亲
将他遗传祖父的质朴与勤劳
悄悄遗传给了我

2020 年 9 月匆草

黄昏，在祠堂旧址

夕阳
将一簇簇麦穗映红时
我正好站在祠堂的遗址上
寻找村庄的
根

曾经恢宏的祠堂里
石砌的天井，有意无意
泄露了八百年天机
那支撑前厅后堂的立柱
可都是栋梁之材呵
只惜，毁于那场劫难

至于古戏台，逢年过节
楚调汉腔不断，唱的都是
村民喜闻乐见的传奇
而后堂层层叠叠的灵牌
引多少游子千里万里归来
虔诚跪拜

如今,站在凄凉的黄昏里
站在这旧梦与瓦砾的遗址上
谁的手指,能抚摸我内心的疼
只有那如血的夕光
有挽歌的忧伤

一阵凉风拂袖而过,顺手牵走
我寻觅的身影

2020 年 9 月匆草

农　　谚

庄稼人可以不闻天下事
但农谚必须牢记心里,只因
农谚不只与农事相关

当然,农谚都是由农事孕育
那自然会与种子一起发芽
也会与稻禾一起拔节
与小麦一起抽穗
更会与棉花一起吐蕾

和油菜一起开花

正因为如此,农谚才有了
灶火一样燃烧的激情
季节一样奔走的跫音
日子一样的通俗与朴素
泥土一样的朴实与浑厚
风雨有声有色地低吟
平仄有致

其实,农谚就是那
黎明公鸡报晓的歌谣
农家堂前燕子呢喃的细语
农田深处布谷鸟催耕的啼鸣
节令方言贴心贴肝的谈吐
锄头睿智易懂的哲理

庄稼人可以不闻天下事
但农谚必须牢记心里,只因
农谚不只与农事相关

2020 年 9 月匆草

野　　菜

像见到久别的亲人一样亲切
我又看见了藜蒿、苜蓿、地米菜
瞧它们生机勃勃的样子，仿佛
是在感恩阳光、雨露和泥土

看见它们在地埂、田头和路边
将贫瘠感恩出盎然生机
就如同我生活在贫瘠里的乡亲
不愿触动那一页记忆

在那个石头都饥饿的年代
幸有土地的仁慈与爱
让一簇簇天然的绿色歌谣
唱遍饥肠辘辘的乡野

于是，我一个赤脚的少年
大多跟在这深刻的植物后面
挨饿时，让它们纯净的美
润一润饥饿的嗓子

生活在今天的人们
已不再为几株野菜弯下腰去
但用野菜充饥的那些日子
却还在滋养着我

2020 年 10 月匆草

腊 八 粥

说来也是凑巧
想不到今天竟是腊月初八
怪不得刚刚一走进村里
就闻到久违的香味

没来得及与堂弟叙叙旧
弟媳就快步走上前来
将一碗热气腾腾的腊八粥
双手捧着递给我
接过腊八粥，似接过一个
深藏遗忘的记忆

记得儿时,每逢腊月初八
姆妈都要倾家里所有
诸如白的糯米黑的芝麻
脆脆的花生鼓鼓的黄豆
让灶膛毕毕剥剥燃烧的火
升腾诱人的清香

不等锅里的粥熬好
我和弟弟妹妹早站在灶旁
我们知道,喝完腊八粥
期待的年就不远了
当年五谷杂陈的味道
至今令人回味

弟媳见我捧着碗出神
催我快趁热喝下
是呵,喝下的岂是腊八粥
分明是一碗乡愁

      2020 年 10 月匆草

我是一棵果树

堂弟承包队里一座果园,他对我说——

在断裂后沉静的山坡上
在寒冬逃遁春风徐来的抚慰中
一颗相思的种子
托起一株鲜嫩的生命
那便是我——一棵果树
生命的树齐身崛起的丛林

爱不会把我遗忘
我把发酵的血酿成爱的汁液
连同春风染绿的情感
和根须一起伸进历史的泥土
历史的深度
坚定了我蓬勃向上的信念

带着热情与希望
幻想着,我伸展着手臂
扬起向往的喜悦

当未来的金风
把光和影幻变成沉甸甸的果实
思想的枝丫就显得更沉重了

阳光,编织色彩斑斓的梦
风雨,弹奏热烈清新的歌
洋溢着青春的活力
像郁郁葱葱的枝叶一样繁茂
站在昨天与明天的交界线上
我深知自己的责任

吸取历史丰富的养料
孕育未来丰硕的果实
我是棵风华正茂的果树
今天,怎不百倍努力地创造
在肥沃中雕塑健美
在希望里寻求充实

1983 年 10 月匆草
2020 年 10 月再改

故乡的雨

走在故乡的路上
骤然,一场雨匆匆赶来
像是特意迎接我

缕缕雨滴,像是竖排的诗句
不知道该从左边吟右边读
还是远处读近处吟

比雨更有诗意也更有韵致的
是这边田里新栽的簇簇秧苗
正张开嫩嘟嘟的小嘴吟诵

那边刚刚含苞吐穗的麦禾
似要与秧苗一争高下
摇头晃脑,醉得不省人事

最是田间地头的野花野草
在诗意而韵致的雨中无所顾忌
按照自己的意愿,有红有绿

最该感谢这场及时雨的是我
除了洗去我迢迢归乡的风尘
更洗净我蒙尘的乡愁

2020年10月匆草

田埂上的草

春风,前脚刚刚走来
你后脚就跟着春风来了
不紧不慢,不言不语

刚刚走到田间地头
还没来得及扭动细小的腰身
你就以谦卑的品格与操守
以及命定的天然本色,维持
乡村的生态与秩序

走到寂寂的山坡上
昨日的野火对你无可奈何
别看你其貌不扬,也很渺小

当阳光以诗意爱抚着你
你不动声色，摇曳着心事

最是村野的田间地头
一双又一双匆忙的脚印
将你随心所欲地踩踏
你无怨无悔，忍痛挺起
诠释不死的真理

挺起，或者站立
以你坚韧不屈的意志
当缕缕透明的绿朝我扑来
你朴素的爱是终极之爱
驱走我内心的枯黄

是呵，你有一个梦
殚精竭虑，依傍土地而生
去绿遍天涯

2020年10月匆草

故乡路上

一阵怀旧的风徐徐吹来
将故乡的一条条小路吹弯
一个远离故土的游子,走在
被风吹弯的小路上

走过歪歪斜斜学步的山坡
走过蹦蹦跳跳上学的田埂
走过离别走向远方的村口
平平仄仄的脚步,每一步
都踩在时间与记忆深处

一个永远赶路的人,当然
都会将长路走短、短路走长
一路会遇到芳草、鲜花、美酒
也会遇到风雪、泥泞、坎坷
只是追求的脚步走到哪里
路就会伸向哪里

不远处,一条宽阔的公路

毫无顾忌地袒露宽阔
从远处的城市伸展过来
纵是奔驰的车轮，也载不动
拉不走我的乡愁

此时，走在故乡的小路上
思念竟将陌生陡然拉长了一寸
而记忆也瞬间老了一尺，只有乡音
在寻觅我曾经的足迹

2020 年 10 月匆草

追着故乡的风

追着风，追着故乡的风
不想风赶忙伸出温柔的手
抚摸远方归来的我

故乡，一粒内心疼痛的米
它水晶的光芒总将漂泊的游子
日思夜想的归途照亮

归途,岁月一样漫长的归途
请抬起头,看看远方归来的我
是否还是儿时的模样

现在,走在思念与怀想的路上
质朴如我,憨厚如我的故乡
可听见我的心在剧烈跳荡

近乡情更怯呵
这会儿真想在故乡丰厚的唇边
闻一闻野花野菜的清香

更想在命运辞退我的时候
追着,就像一片秋叶那样
找一个凋零的地方

此刻,追着故乡的风
我看见那藏在低处的村庄
那生我养我的地方

2020 年 10 月匆草

布 谷 鸟

夜才刚刚走远
村庄还蒙着蒙蒙的灰白
这时,一只噙着阳光的布谷鸟
从太阳梦的那边飞来
飞临村子的这头,高一声
低一声地叫着

这不,当它扑闪金色的翅膀
热情且欢快地叫着
真诚且恳切地叫着
叫着叫着,不知疲倦地叫着
仿佛它来就是将内心独白
说给谁听

莫是生来就是为了叫呵
当叫声,遥向三月旷阔的田野
其实就成了催耕的鸣叫
仿佛大滴大滴灼热的汗水
抑或大粒大粒饱满的谷粒

叫醒一个季节

似与春不谋而合
这与春不谋而合的布谷鸟
它真诚而恳切的叫声
就仿佛一阕古典的谣曲
在时间与空间频频颤动时
岂止将一个季节叫醒

只有挂在墙上生锈的镰刀
还沉醉在迷离的梦里

2020 年 10 月匆草

蛙　声

这是个雨后的黄昏
没等夕阳从河的那岸坠落
河这岸一片水汪汪的水田里
在水汪汪的等待后，骤然
响起一片蛙声

一时间
此起彼伏的蛙声
高高低低深深浅浅的蛙声
从土地最动情的部位
将一个季节占领

占领季节的蛙声
有一万个理由纵情歌唱
不只是释放胸中久贮的激情
更想以激越狂欢的歌声
度过匆忙的青春

莫是受蛙声激情的感染
从河对岸飘来的云朵
以及云朵下不知名的鸟儿
都伴着蛙声律动的节拍
跳动起来

跳动起来的还有犁耙水响
做了蛙声的和弦

2020年10月匆草

路过市委党校

是的,这里曾是一片田地
高高低低错落有致,有一种
散乱且朴实的美

其中,有我家一块水田
那是土改时,分给我家的
一块胜利果实

父亲第一次在这里割谷
抚着沉甸低垂的谷穗,禁不住
伸手摘了一粒含在口里

我提着竹篮给父亲送饭
他割了一把稻禾,要我抱着
然后,将我和稻禾举起

后来,每每端起饭碗
那饭粒如一个个动人的词
总令我想起这一幕

如今，这里变成了一座党校
高高低低的楼房，还有操场
也是错落有致

不知坐在这学习的党员干部
是否知道这里曾经是一片田地
以及田地与禾苗的意义

2021 年 4 月匆草

与堂兄克健散步偶得

踏着夕光
走在穿村而过的江北公路上
寻找儿时的记忆

儿时插秧的那片稻田
如今已是一片楼房林立
变成村民住宅小区

当年那口挑水吃的水塘
现在面积扩大了好几倍

扩成一片养鱼的鱼池

昨天在106国道漫步
遥望儿时放牛的茅柴山
满山的树木郁郁葱葱

而公路这边高大的厂房
进进出出的汽车,将石材
送往需要的建筑工地

至于历经沧桑的谢氏宗祠
那是我儿时接受家训的场所
如今做了立交桥的路基

两条公路穿村而过
就像一把剪刀张开了锋刃
剪断黑与白,阳与阴

当然,也剪断苍凉的前世
更剪断千年的那根穷根

2021年4月匆草

活　着

坐在门前的槐树下
坐在门前槐树的树荫里
一坐就是一下午

能清晰感受树荫的凉爽
在这个没有风的午后
坐在树下，就是坐在惬意里

这是他儿时栽的树
六十年了，树还郁郁葱葱
可他却老了

老就老呗，谁不老呢
他说要像他栽的树一样活着
活在季节的风雨里

人老了，心还不想老
他想像树上的鸟儿一样活着
想飞就飞，想唱就唱

他知道,与时光的对抗
终要失去最后的气力,那就
像枝头的树叶一样凋落

此刻,他就坐在树下
他说,这棵他栽的老槐树
是他相依的兄弟

2021年4月匆草

落　叶

并非刻意选择这时归来
落叶,已掩埋门口的小径

风,是从欧阳修的赋里
萧萧瑟瑟而来的呢
还是知道我重回故里
才将老屋门前的槐树叶
从枝头缓缓吹落

无论是梦里,还是梦外

几回回,几回回望穿秋水
从群芳吐艳的季节那头
望到秋风萧瑟的这头
又屈指漂泊在外的年头
以及乡思的幽深

肩背空囊,心却异常沉重
挥霍的青春虽一事无成
只好带回破落诗人的空名
好在槐树知我落叶归根的心思
才让落叶衔着美的旨意
在萧瑟的风里飘落

这时,一只归鸟垂下翅膀
落在老屋门前老槐树的枝上
与远来的风呢喃细语
归鸟落巢的情景,一时间
触动我久贮的乡愁

关于落叶归根,不知是不是
人生一个永恒的主题

2019年10月匆草
2021年4月再改

风从故乡来

翻过故土的篱笆
风,从冬凛冽的那岸
徐徐缓缓吹来

这在故土舞蹈的风
不仅飘散着小草青青的气息
也弥漫着野花的清香

当然,更多的是泥土的信息
诸如泥土里种子萌芽的律动
田野蛙鼓竞唱的音韵

是呵,这漾着生机的风
让我想起先人,披荆斩棘
垦出浸透汗水的土地

生于斯,长于斯
我最初的汗水与最初的歌
都洒在这安详的土地上

因而,无论走到哪里
我的灵魂,或脉动的血流
都回荡着故乡风的旋律

这不,故乡的风从心灵吹过
我枯干了一冬的诗思
骤然萌生新绿

2021 年 4 月再改

梦在故土之上

老屋的阴影中
站着抖落风尘远归的我
站在夜的深处

月光,悄悄探进窗来
镀亮床头刚点燃的烛火
沉浸于古远的静谧
(不想打开电灯开关
之所以如此,就是想回到
儿时的那个环境)

夜，沉沉的黑与静寂
似有意无意催我，抬起
梦幻的眼睛

欲熄将熄的烛火
似在向我暗示，幸亏有床
安憩我的梦

难免辗转反侧
更有触景生情浮想联翩
但梦终将它们驱走

待得睁开迷蒙的眼睛
真有点暗暗庆幸——
自己醒得太迟

只因我一夜的梦
那远去的童年的梦呵

2021 年 4 月再改

又闻鸡叫

黎明,在鸡啼声中醒来
太阳还在睡懒觉哩
久违的鸡叫声,惊散我
回家头一夜的梦

弹指一挥间
风云半个世纪随我远去
远去的日子自然远离了鸡叫
今晚,回到老家头一夜
不知什么,召回我失落的魂
如同召回一个幽灵

透入骨髓的漂泊与忧伤
岂止是没听见过鸡叫
莫是鸡也知闻鸡起舞的少年
如今告老回乡,这才以
故土的旨意,叫得特别嘹亮
也叫得特别亲切

时空,改变了节奏
就在公鸡啼鸣报晓时
一只喜鹊从晨光那头飞来
落在窗前树枝上,莫是来报告
故土日新月异的变化

此刻,我唯一能做的
就是先活动活动一下身子
踏着陌生而熟悉的鸡啼声韵
出门看看故土的新景

2021 年 4 月再改

归来吧,和我一起归来

归来吧,门前小溪的流水
你这一溪流浪的水
这些年去了哪里

归来吧,失踪多年的小路
当年,我背着书包走在小路上
蹦蹦跳跳上学去

归来吧,引我回家的炊烟
每每后山放牛,牛儿吃饱了
我的小肚子却咕咕在叫

归来吧,稻场上的堆堆草垛
多少个月夜,我和小伙伴
在草垛间捉起迷藏

归来吧,地头那片桑园
放学路上,望着紫红的桑葚
总要偷几颗尝个新鲜

归来吧,除夕夜的树蔸子火
年年,一家人围着火边
听父亲讲一年的收获

还有地埂的野菜,荷叶上的露珠
伤过我的野蜂,逗过我的小狗
请随我消逝的童年,归来吧

2021 年 4 月再改

民　歌

辽阔或苍茫的调子
不是沾满田头地角的泥土
就是从镰刀口里咯出

当然，也不尽然
若是大红"囍"字噙满泪水
歌声也会乘风而起
袅袅飘远

诸如雪打纱灯时
岁月的往事，无论欢乐或忧伤
也会欢乐忧伤成一支曲子
催人泪如雨下

也是烟雨岁月与农谚
也是血汗滋养的精神与酒
更主要的是朴实无华
还楚楚动人

这不,当它成为一个节气
覆盖乡村殷实的日子
而这一切的一切
都由缕缕乡音喂养

总之,与汗水和日子有关
唱在农事与季节之间的歌声
无论唱起,或者消失

2021 年 5 月匆草

夜,谁吹响芦笛

我听见芦笛响了
那曾喑哑而今复活的芦笛响了
一股甜津津的清新
一曲意绵绵的温柔
引我循声而去
夜,谁吹响芦笛

啊,芦笛呀芦笛
是为淡淡的月辉而吟

还是飘拂柳丝的夜风把你奏响
熟稔的乡音
倾吐着村民久蕴的情思
和大地浑厚的意念

不慕电子吉他的迷离委婉
不求小提琴的娇柔清丽
只为渴望与理想而抒情
跳荡的音符飘着泥土的气息
我想,没有它的声韵
枝头唱歌的小鸟也会感到寂寞

我的心弦在芦笛声中震颤
连星星也应和芦笛的旋律眨着眼睛
在我家老屋的湖塘边
在我朝思暮想的思念中
是谁吹响芦笛啊
牵动游子远归的乡情

1983 年 9 月匆草
2021 年 5 月再改

水边的桑

这桑,这水边的桑
是谁栽的呢
如今,竟和春天一起
长成茂密的桑林

为了抵达春天
这些从汉乐府走出的桑
积攒了好几个季节的绿色
还有不知源自何年何月
流淌在血里的情
也悄然萌动

怪不得绿色的叶子
充满动感,又水灵鲜嫩
惹得一河两岸的女子
怀着别样的情愫
风一样轻轻地走来
舞动纤纤十指

水边的桑,装满篮子
楚楚动人的女子
或紫或红,手摘桑歌
流水般起伏涌动的桑歌
蚕一样吐着相思
与布谷鸟的歌遥相呼应

水边的桑
水做骨肉的采桑女
采桑女与桑有关的故事
年年,生动着春天

2004年4月匆草
2021年5月再改

村　树

一

这棵老槐树
这棵站在村口的老槐树
据说与村子一样古老

故而是一个村子的标志
更是一个村子的魂

时间一茬茬老去
这棵老槐树纵然历经沧桑
但那堆满皱纹的枝头
依然一年一年地绿
充满生机

最引孩子们注目的
是挂在树枝间的鸟巢
这不,树以甚密的枝叶
且超然大度,荫庇着
远来栖息的鸟

如今,岁月走远了
走远的岁月催我归来
当年,我就是从这树下走的
就像离开鸟巢的一只小鸟
一走,竟是半个多世纪

无论是年少还是渐老的人生
我都无法搂抱这棵树
除了仰望,还是仰望
只因这一树苍翠的浓绿

荫庇着一个游子的魂

二

村子在一棵棵树背后
这些枣树、桑树、槐树、苦楝树
它们三三两两站着
有的一棵棵挤在一起
有的却离得很远

这些树,有的喜欢与风调情
每片叶子,都绿出诗意的句子
哗哗地说个不停
似乎要将自己隐秘的心思
说给风听

有的树,喜欢沉思
好多年都是站在一个地方
思考一个问题,它的严肃
连知了都不想搭理它
只有影子与它相伴

有的树,一旦花跃上枝头
它就恣肆地将执着的爱
忙着渗进阳光雨露

然后,催枝头快快挂果
好丰富一个季节

村子在一棵棵树背后
这些枣树、桑树、槐树、苦楝树
以各自的风情与责任
守望着一个村子

2021年5月匆草

悼一棵樟树

村头
那曾引我攀枝掏鹊蛋的香樟呢
那曾擎着绿伞给我避雨的香樟呢
那曾被我们围绕纳凉听老祖母讲故事的香樟呢
我静静地伫立村头
默默地悼念

树被锯走了
连眷恋着泥土的根也被挖走
只剩一堆浮土

埋着一个辛酸的故事
堆起一句令人沉思的遗言
留给远归的游子

那孕育春光和童话的香樟呵
那给我欢乐与忆念的香樟呵
在我记忆的屏幕上
你母亲般慈爱地站在村头
不是吗,你的叶子
教我吹出人生最初的歌

挥动沉重的铁锹
(真想斩断权势与私欲的黑手)
我以边哨归来游子的名义
在香樟的墓旁栽一棵小樟树
然后用我久久思念故乡的热泪
浇树苗快快成长

1983年9月匆草
2021年5月再改

湖 月

秋风,又吹落几片树叶
夜已很深很深了
远处,几点渔火眨着眼睛
在这迷人的月夜
独我坐在湖畔的柳树下
凝望水中的圆月

浸在祖父酒杯的那一轮吗
挂在外婆纺车的那一轮吗
跳跃阿爸渔网的那一轮吗
偷听姐姐情话的那一轮吗
照我读"床前明月光"的那一轮吗
月亮,圆圆的月亮
你可知道我圆圆的思念

不知谁说,月是故乡明
真是一语道出游子的离情
几回回,我伫立哨卡

遥望故乡圆圆的月亮
圆月,仿佛故乡母亲的眸子
浸着爱抚的月光
镀亮远方儿子的枪刺

今夜,天上的月亮在水里
水里的月亮在天上
湖月,梦一样温柔的故乡月
我是真真切切又见到你了
屈指细数一别五载
而你夜夜映在我心中

1983 年 9 月匆草
2021 年 5 月再改

村里最后一头耕牛

站在村口,它回头
望了望它曾住过的牛屋
这才回过头来
寻找它曾奋力耕耘的

田地

路,夹在两片田地之间
从村口伸向远方
它似没有走的意思
站在村口,低垂着头
它不知它的远方在哪里

曾经,走过季节
它的脚步多么结实欢快
不是拉着犁掀开沉睡的泥土
就是拖着主人站在耙上
梳理泥浪的水田

惬意最是秋收季节
主人坐在装满谷粒的车上
扬鞭哼着《赶着牛车送公粮》
踏着送粮歌欢快的旋律
它也欢快地奔走

2021年5月匆草

老 戏 台

村头这座老戏台
不知是何年何月何人修的
村里的房子早改朝换代了
戏台依然一副旧时模样
安然伫立村头

曾几何时，无论是农闲时节
还是四时八节的假日
台上锣鼓咚锵一响
站在台下的乡亲，无不
走进悲悲切切的戏里

可是多少年后
台上演绎的那些悲喜故事
无论是楚调汉腔的乡音环绕
还是惟妙惟肖的演绎
都不得不让位于电视

尽管老戏台空空如也

但台前一左一右两棵樟树
依旧歪着身子似在看戏
让我想起儿时站在戏台下
痴迷看戏的样子

是的,村头的老戏台
这么多年一直空着
但记忆能空么
作为沧桑的符号,它标在
村史的某个章节里

2021年5月匆草

树　语

走近老屋门前这棵树
走近我栽的这棵树
我就听见一片一片树叶
似在悄声细语说话

缓缓扬起耳朵
想听树叶说一些什么

等风传来树叶亲切的问候
才知我回来晚了

远走他乡,几十年了
孤魂,可以在异乡漂泊
但一颗心却总惦念着
故土的日出月落

听到风传来树的问候
对于远归的我
无疑,这是一种陡峭
且亲切温情的爱

幸亏当初栽了这棵树
让它替我守着这片故土
无论雨雪风霜,岁月流逝
不管不顾,兀自伫立

如今,伫立树下
我像一个哲人,默默沉思
思索树与人的青春,谁
更有意义

2021年5月匆草

过段慢日子

之所以想回到老家
除了寻找往事与记忆
就想过段慢日子

先把城里的快捷模式
想方设法变慢,再变慢
以适应乡居的日子
诸如,早晨慢慢醒来
看时光慢慢移动

再把时间稍调慢点
慢慢喝完杯子里的水
眼睛不要看得太远
不去说那些逝去的过往
只说眼前的日子

试着像蜗牛那样走路
有了心情就与夕阳对看
若有梦也懒得去想

就像草木一样扎下根来
过好余下的草木生活

之所以想过段慢日子
是因为想体验生命的始与终
其实并没多远

2021年5月匆草

距　离

老家，在我的感觉里
就是一缕绵长绵长的思念
或者一种归宿

从城市喧嚣的那端
回到乡村宁静的这一头
时空，就是距离

这思念与美的距离
使我强烈感受到爱的磁场
那强有力的吸引

这不，又一次赶回老家
那条黑狗，不再朝我狂吠
摇头摆尾引我回家

这时，从村子东头出口
鞭炮声里有女人悲惨的哭声
被一阵风吹了过来

坐在村口抽烟的老人
望着不远处送葬的人群
脸上堆满喑哑

望着喑哑的老人，我在想
送葬的人们，是不是用脚步
丈量从生到死的距离

我的这个距离还有多远
在打开老家大门的锈锁时
我默默地问着自己

2021年5月匆草

养 蜂 人

张开风的翅膀
驾驭远来的风飞来的蜜蜂
落在一丛丛金黄的油菜花上
恣意撒欢

这些远来的盗花客
哪经得住花蕊馥郁的诱惑
忙将压抑了一冬的激情
以疯狂的吻,尽情地
释放出来

只有坐在路边的养蜂人
这个把玩蜜蜂的高手
望了望铺向天边的油菜花
和翻飞在花丛中的蜜蜂
悠然闭目养神

他知道,他派出去的蜂王
接过他的密令之后

会率领那些偷梦贼和盗花客
将他的梦与采来的花蜜
带回他身旁的蜂箱

望着养蜂人一脸收获的笑意
我就想,是不是可以将我
诗的蜜蜂也放飞出去呢
去吮吸生活的蜜

2007年9月匆草
2021年5月再改

摆 渡 人

浪花漂他两鬓的洁白
独坐岸边望着远去的河水
他默默无语

天空,几片积雨云
被几只燕子的翅膀驮远
驮远的还有他的思绪

曾经，河水将两岸隔开
他摆渡的船，如岁月的梭
在等待与期盼中来来往往

如今时空改变了节奏
一河两岸的期盼与等待
早让桥携手相连

此时，坐在昔日的渡口
望着改变时空的桥，他想
与河水说说寂寞

是呵，一生为别人渡河
那驾驭风雨驾驭岁月的桨
只好在记忆里珍藏

这不，望着远去的河水
欢快地向着长江奔涌，河水
是他唯一的倾诉

2007年9月匆草
2021年5月再改

谷雨时节

特意选择这个时节回乡
就是想听一听布谷鸟的歌
看看一垄垄水田的春光

穿蓑衣戴竹笠,不见踪影
至于弯腰田里忙着插秧
也见不到这种景象

想写首谷雨时节的诗
再也找不到那熟悉的意象
但泥土味道还是一样

一条沥青水泥路伸进村里
一条新修的机耕小路
从村口通向远方

几千年的农耕文明
就像炊烟,不知什么时候
静悄悄早已飘散

没有耕田的牛
自然没犁耙之类农具,只见
几台插秧机开过来

在曾弯腰插秧的水田里
一阵赶一阵的马达,插秧机
比布谷鸟的歌声嘹亮

2021 年 5 月匆草

村头立交桥

两条路交会成一座立交桥
桥上行驶的一辆辆汽车
掠过时间,穿越空间
奔向自己的目的地

这一辆辆行驶的汽车
在我这个诗人眼里
就是一个个行驶的词
站在桥下遥望一个个词

思绪追着车轮遥想

跑得最快，肯定是动词
虽然比飞略显逊色
但钢铁与水泥的摩擦声
不仅显示词的力度
也奏响力与速度进行曲

不甘示弱，肯定是名词
它在车厢里可谓名目繁多
无论是种子、化肥、农药
还是电冰箱、电视机、香水
统统都是名牌产品

面对村头的立交桥
遥望桥上一个个行驶的词
我从建设新农村获得灵感
构思了这首小诗

2021年9月匆草

晒 谷 场

站在村头宽阔的禾场上
怅眼四顾,默默无语

这时几只小鸟飞过
纵然飞过,还回头望一望
是不是它们的父辈或祖辈
告诉它们,这个禾场
是个觅食的好去处

望着远飞的鸟儿
想起多年漂泊在外的我
不想辜负儿时的记忆
更不想辜负时间与空间
我常忆起这禾场

岁岁年年,禾场秋日
除了堆放谷垛翻晒谷粒
构成一幅乡村丰收图
可那些错落有致的谷垛

更适合小伙伴捉迷藏

若是逢年过节
禾场还会办起庙会
大人们坐在台前看戏
会场上那些奇巧的零食
更吸引小伙伴的目光

如今,两条公路交叉切割
剩下的田地也被挪作他用
真是不幸中的万幸
村里唯一的一处晒谷场
成了晚来休闲的舞场

我默默无语怅望,望着这
村里曾经唯一的禾场

2021 年 9 月匆草

老屋是让我怀想的

很有一点年纪的老屋

斑驳沧桑,很久没人住了
没住人的老屋,之所以没拆
就是为了让我怀想

比如,春从冬的那岸走来
就想起燕子重回老屋
先是忙着衔泥在堂屋垒巢
后又忙着给乳燕哺食

又如听见母鸡咯咯地叫
就知道它又下了一枚蛋
我忙从鸡窝里捡起来
放在一个篮里积攒

若是每天放学归来
远远望见屋顶飘着炊烟
不仅想象柴禾在灶里燃烧
还听到姆妈将我呼喊

再如在昏黄的油灯下
祖母要我背首唐诗给她听
她却将针在额头上擦了一下
然后缝补破碎的日子

最是年来了

看见父亲置办年货回来
我们兄妹仨就会伸出小手
跑着向他迎去

如今我也进入老年
不住人的老屋自然老上加老
之所以没有将老屋拆除
只为留一点念想

2021年9月匆草

找一个词，替我

这不，想来想去
还是想找一个词，替我
赶回老家去

最先找到的一个词——路
要致富，先修路
有了宽阔的路，闭塞
就会敞开胸怀，拥抱
多姿多彩的世界

然后找到一个词——电
电是光明与动力的代名词
若是山村都通电了
不仅耕地不再用牛
点灯也不再用油

再找一个词——网络
如果光纤网络通村达户
坐在家就可看外面的风景
再在家开个电商销售店
出售各类山村土特产

当然，还想找一个词——爱
爱三月村头盛开的桃花
爱九月山坡泛黄的谷穗
更爱日出而作，日落而息
勤劳质朴的父老乡亲

若是找到这几个词
替我赶回老家去，老家
也就彻底脱贫了

2021 年 9 月匆草

在故居,独饮

随我远归的暮色
在嫣红的酒杯缓缓降落
又随我举起的酒杯
弥漫开来

灯火里,我坐了下来
面对老屋斑驳沧桑的墙体
不由想起岁月幽深处
儿时久远的往事

餐桌上,一菜一汤
是一个人寂寥的晚餐
就连酒杯也盛满了寂寞
只有筷子撞响空气

算不上解甲归田
当然,说不上荣归故里
权当一次搜寻记忆吧
让酒来轻轻唤我

一时间,酒杯里的酒
骤将淡雅与醇厚的嫣红
缓缓流进我的血液
让血燃烧起来

于是,在这怀旧的夜
与我寂寥的影子
为我落叶归根的幸运
心满意足地醉

2021 年 9 月匆草

祈　　愿

从梦里醒来,我在祈愿
故乡,请将你指缝里的泥土
赐一点给我,行不

是的,这一小撮泥土
固然养活不了一棵大树
但可养活一棵小草

我就想做一棵小草
扎根在生我养我的故土里
无论田头，或地角

若是骤来风狂雨急
草会替我弯下腰，低着头
笑迎风雨之后的彩虹

要是山坡野花开了
望着蜜蜂落在初开的花蕊
草会替我露出笑容

最想在丰硕的秋日
纵然草叶枯黄草根萎缩
也会替我与谷穗站在一起

哪怕是漫天大雪飘落
埋在雪地里的草也会伸出头来
替我报道春的消息

2021年9月匆草

麻　　雀

推开窗子,把镜头拉近
这才看到不远处的大槐树上
落满了一群麻雀

树,是父亲当年栽的
那日待得我呱呱坠地时
这棵树早已高过屋顶

这些乖巧的生灵
好像有极其敏锐的灵性
好奇地与我对望

不远处,地里的麦子黄了
似不想错过诱惑的大好时光
麻雀却在枝头,默默无声

我已好久没见过麻雀
儿时支筛捕麻雀的记忆
也早随岁月流逝

知我历经沧桑回来
这些毗邻的自由的精灵
赶来探望我吗

忙掏出手机,我有道义
拍摄下这一树亲情的麻雀
留在忆念的乡愁里

2021年9月匆草

废　　墟

村头不远的山坡上
一片无处不在的荒芜
以一种令人感伤的存在
掩饰着昨日孩子们的
琅琅读书声
(村子渐渐小了
打工的外出打工走了
搬进城里的搬进城里走了
大人走了孩子们也走了
村小办不下去了)

触目惊心的残墙上
散乱的时间裹着苔藓
屋角的一张张蜘蛛网上
几只蜘蛛悠闲地散步
依赖陈旧延长生命

一则故事坍塌了
坍塌的凌乱的石砖瓦砾
透出彻骨的悲凉
只有那快要坍塌的骨架
勉力支撑虚无的尊严

废得如此彻底的废墟
路人实在看不过眼
这不,我就默立废墟前
禁不住给村主任打电话
问这废墟如何处置

村主任告诉我,修旧如旧
拟建一座村史馆

2021年10月匆草

乡　愁

一

习惯沉浸在记忆里
快六十年的路程，不经意间
漏掉了好多好多词语
唯独这一个词，却让我
终生难忘

正是这一个词
曾让我饱受岁月的煎熬
特别是两鬓霜白后
难道还要，还要活在
梦的记忆里吗

这不，俯首顿足之后
抖落时间与距离
回到了生我养我的故土
沉浸的记忆骤然醒了
——浮现在眼前

夕阳躲在我放牛的山后
山下小溪隐隐约约恍如隔世
好在老屋后的香椿树还在
只可惜再也不能品尝姆妈
炒的鸡蛋香椿芽

纵然时光刻刀雕老了我
但心,依然是一颗童心
此刻站在桂花树下
仿佛一只抖开翅膀的蜜蜂
这里嗅嗅,那里闻闻

我知道,我要寻找的乡愁
或许就藏在那里

二

有什么好比一根刺
一不小心碰巧刺进肉里
顿时感到尖锐的疼

刺,可以轻轻拔出
至多还带出一点点血
疼却得慢慢消失

是嫌刺不够锋利吗
不呵,刺只能刺得肉疼
仅此而已

可乡愁这一根刺
比一般的刺
要尖锐得多

况且,这一根刺
无论如何你也拔不出来
越拔越扎得心疼

只因这种尖锐的心疼
不仅是一种疼痛,更是
一种折磨

可人们为什么要扎这根刺呢
而且越扎越深

2021 年 10 月匆草

中 卷
土地、炊烟和我

父亲与土地

一

在与父亲相处的那些年里
不要说与我一起说笑打闹
就是话,也说得很少

也不知道,他一颗牙齿
紧紧咬着另一颗牙齿
咬住些什么

后来,我发现一个秘密
无论太阳落下或升起
他只对土地说话

这不,也许他的话太沉
常伴额头的汗水滴进泥土
催促禾苗快快拔节

他之所以如此

可能是因为想越过祖辈的属望
活得更有声有色

每到收获的秋日
那颗颗归仓的粮食,我猜
那才是他说的话

二

不知从什么时候开始
不等布谷鸟催唤,父亲
就急着站在田埂上凝望

先是看雨水的梦之外
谷种是否将所有的隐秘
从泥土里吐了出来

待得秧苗插进田里
翠青的秧苗刚染绿期盼
他就催秧苗翩翩起舞

一旦秧苗拔节孕穗
他就用咸的汗,黑的肥
缩短谷穗镰刀的距离

最是秋风从远天吹来
将碧绿,吹成丰稔与期待
他抚着低垂的谷穗笑了

这不,像低垂的谷穗
他弯下背负岁月与日子的腰
挥动手中的镰刀

风,似理解他的兴奋
骤将镰刀迸发的串串笑声
吹向秋的深处

2022 年 3 月匆草

春 牛 图

刚刚卸下轭头
父亲就将老黄牛牵到山坡上
让它稍稍休息一会儿
打尖吃点草

牛一会儿吃草

吃几口，就抬头远望一望
刚刚那丘犁过的水田
它知道，那是一丘秧田
需要精耕细作
（更何况，节令不饶人
春误地一时，地误人一年
不只扶犁掌耙的人知道
老黄牛也懂）

没有鞭影与吆喝声
老黄牛感觉从没有过的轻松
它一口一口慢慢吃着草
吃着缀满露珠的草，也慢慢
享受，这少有的清闲

只有父亲站在一旁
一会儿看牛，一会儿看田边的山地
昨天刚买的改良棉籽
也等着下种

牛，以及与牛做伴的父亲
构成一幅春牛小憩图

2022年3月匆草

选 种

房梁上的燕巢
还是去年的那个模样
可燕子为什么还不来呢
这是你管不了的事

窗外的雨下个不停
已经好多天不见太阳
日子,都开始发霉了呵
这是你管不了的事

人误地一时,地误人一年
你赶去供销社购买化肥
售货员那爱理不理的样子
这是你管不了的事

三个村子联办的小学
通往学校的路满是泥泞
儿子上学会不会摔跤
这是你管不了的事

妻子就坐在你的身旁
望着摇篮里手舞足蹈的女儿
轻轻哼着摇篮曲
这是你管不了的事

今夜，你只管一件事
比较与选择后备好谷种
下午，你冒雨将秧田耙平
明早就可播种

2022 年 3 月匆草

播　　种

站在三月初醒的田埂上
默默无语，父亲打开掌心
聊将那握了一冬的寂寞
轻轻撒播在水田里

不知是不是跃跃欲试的种子
缓缓丈量季节的深度
吵吵嚷嚷要深入苏醒的泥土

还是谷仓满怀的期待
催促父亲种豆得瓜的信仰
快快萌生

父亲播种的姿势
不仅显得专注，而且虔诚
父亲想，若是用爱浸透汗水
那如他一样憨实的种子，肯定
会焕发生机与活力
绽一片新绿

是呵，种好一半谷
他更知道，掌心的种子
几经阳光雨露的沐浴
到那时，今日轻轻播下的种子
绝不会辜负父亲沉甸甸的
嘱托

这不，伴着布谷鸟的啼鸣
父亲在田间忙着播种
他额头沁出豆粒大的汗珠
也是饱满的谷种呵

2022 年 3 月匆草

立在田埂上的白鹭

这是一个春日的下午
父亲早前几天栽下的秧苗
泛起一层层微弱的波浪
只见一只白鹭,迎风立在
秧苗簇拥的田埂上

不知是有意还是无意
它侧倾着头颅,一动不动
像是在倾听风的细语,又像是
在倾听秧苗起伏的心事
瞧它听得那样痴迷,喜悦
却在眼里秘而不宣

我在水田这岸望去
只见它立在苍翠的绿色之上
没敢惊动它
面对这风里起伏的秧苗
试图在它纯净的白里
寻找谷粒的金黄

由衷羡慕它的白
这不同于霜和雪的白呵
它的白,一种纯净柔和的白
镇住了秧苗时起时伏
泛起翡翠的绿

由此,它白成一尊雕像
立在我童年的记忆里
都在故土之上

2022年3月匆草

瓦　　罐

锄禾日当午
父亲挥动锄头闪烁的光
映着蹲在地头的瓦罐
默默无语

这有容乃大的瓦罐呵
用不着阐释,本来自泥土
纵然经过烈火的冶炼

依然改不了泥土的本性
这不，站在地头贴近泥土
它感到特别自豪

更让它感到自豪与骄傲的是
每每肚子空空如也的时候
就会有人充填水，或者食物
这时，它瓦蓝瓦蓝的色彩
显得格外诱人

此刻，日头正毒
父亲感到焦渴难耐
不由得放下锄头，走向瓦罐
身负重任的瓦罐偷偷笑了
连同笑里漾起的茶水
咕咕地流进父亲的喉咙

揩了一下额头的汗水
父亲这才坐在瓦罐旁小憩
望着瓦罐还噘着嘴哩
他起身，握着锄头走了

2022 年 3 月匆草

稻 草 人

他就这样站着
站在秋日泛黄的稻田里
头戴草帽,身穿蓑衣
站得人模人样

拢一袖旷野的风
站立,不仅与时间抗衡
更站成庄严的使命
手中那一根长长的竹棍
就是值守的武器

日出日落
他比太阳还全神贯注
守护稻穗渐渐泛黄的田野
也时刻准备,驱赶那
偷吃谷粒的小鸟

稻草与稻草没啥差别
可一旦将稻草做成稻草人

那就完全不一样了
站立的稻草人不仅人模人样
更有人的守护精神

这不,当我从田头路过
看见站立在田里守护的稻草人
我就想起我那守护田地
春种秋收的父亲

2022年3月匆草

开　　镰

站在金黄的稻田里
他邀远来的风也俯下身来
和他,以及低垂的稻穗
紧紧站在一起

那些低垂的稻穗
似要以低垂深邃的沉默
感谢三月风的情六月雨的意

以及风风雨雨之外的
滴滴汗水

抚着粒粒饱满的稻穗
他怡然自得地笑了
不知这稻穗沉甸甸的美
能不能经受住手中的镰刀
闪光的诱惑

想起当初秧苗的稚嫩
不经商量，随意几个动作
秧苗就幻变成稻穗
就像少女幻变成少妇，等待
那个叫镰刀的汉子

如今，他手握的镰刀
（那也是汗水淬亮的镰刀）
如一弯月牙
浴着秋风似还想说点什么

2022 年 3 月匆草

象征意义的雪

一

干燥得太久的冬日
雪,终于缓缓飘落下来
这兀自飘落的雪
自由自在,不声不响
落在山林,落在石头上
更落在田野里

抬眼望,雪还在飘落
这朵朵落进田野里的雪
来不及抱紧自己的白
就静悄悄深入泥土深处
难道她们来到这个世界
就为深入泥土里

莫非泥土是雪的故乡
雪才将自己纯净的意念
融进一朵朵雪花里

她们知道,只有深入泥土
泥土才会将雪的意蕴
还原给雪

于是,这象征意义的雪
即刻成了我父亲的代言
当她们收好六角形的翅膀
从天上纷纷扬扬飘落
那留在空中的翩翩舞姿
不仅美得让人心醉
更让我想起金黄的麦穗
以及沉甸甸的谷粒

二

来不及抱紧自己的白
大朵大朵的雪,从空中
兀自飘落

兀自飘落的雪
悄悄,落在远处的山上
山,抱紧了雪的白

而有的雪,虽然张开羽翼
可它们不幸飘落进河水里

失去了踪影

这些飘忽不定的雪
不巧,刚好落到麦地里
自然喜不自胜

它们知道,它们在和麦苗
悄悄度着蜜月时,也在悄悄
构思着白色的童话

我的父亲也喜不自胜
望着麦地厚厚一层晶莹的白
他想,今年又是好收成

2022年3月匆草

麦　穗

站在六月的阳光下
手握一把刚刚磨过的镰刀
他望着随风起伏的麦浪
开心地笑了

突然,他掐下一株麦穗
轻轻用手搓着
然后,选了一颗
像他额头汗珠一样饱满的麦粒
丢进嘴里

汗,从他的额头落下
鼓点一样敲着脚下的麦地
敲得地心,和他的心
一起搏动

他在想
是谁把两株丰硕的麦穗
镶嵌在国徽上
这么说,我这个种地的农民
该也是其中的一颗麦粒

想着散发泥土芳香的麦粒
不仅喂养一家老小,也
喂养一个国家
他挥着镰刀,笑了

2022 年 3 月匆草

纪念一棵树

老屋后的这棵椿树
很想写又不知怎样写才好
最怕写不出新鲜的感觉

不是吗,听说这棵椿树
是我来到人间第一声啼哭
父亲特意为我亲手栽的

树,可比我长得快多了
当我刚刚学会走路时
树,早已高过我几个头

等我背着书包上学后
我最喜欢做的一件事情
就是在春天采摘香椿

后来,我远赴边防哨所
每每节假日想起家来
就忆起蛋炒香椿的味道

如今,栽树人早已远去
与树一起诞生的我也老了
但树依然苍劲翠绿

我知道椿树的生命之美
就在于根深深扎在泥土里
才一年一年献上香椿

从这个意义上说
父亲特意为我栽下这棵树
就是教我怎么做人

2022 年 4 月刍草

犁与父亲

犁完了秋播地后
父亲将铁犁背了回来
然后,擦洗干净
这才将锃亮锃亮的犁铧
悬挂在院墙上

由于父亲的父亲早逝
父亲十一岁就学会扶犁
他知道,只有与犁相依为命
一家人的吃喝才有着落
尽管租种的是地主家的田
但仍要精耕细作

这不,在我眼里
父亲扬鞭扶犁的姿势
生动成一幅耕耘图
而他每一声催耕的吆喝
都在催促锋利的犁尖
与土地絮语

如今,铁犁悬挂墙上
养精蓄锐,等待来年春耕
这与父亲相依为命的犁
也以擦拭之后的光泽
将父亲耕耘的生命照亮

2022 年 4 月匆草

草　　帽

仿佛一朵金色的菊花
悬于墙上钉子锈红的目光里
还想在头顶开放

不是吗，它凝视斑驳的墙
像是凝视一个人的命运
是呵，父亲曾将它戴在头上
在陡然而至的风雨里流汗
又在烈日下喘息

许是岁月孕育了风雨
父亲才与草帽结下不解之缘
风雨过后他会席地而坐，品赏
秋后田野的丰硕

如今，窗外的风雨阴晴
早已与它没有丝毫关系
纵是屋里弥漫着喜怒哀乐
它依然高高在上

不闻不问

失去昨日金灿灿的光芒
草帽早在岁月风雨里变暗
但它还是一个时代的符号
更是我躬耕陇亩的父亲
一段不泯的回忆

这不，它怔怔地望着我
似想向我讲述时代的变迁
以及历史的沧桑

2021年3月匆草
2022年4月再改

造　　屋

在我的老家乡下
几乎家家门前都栽有树
树上都有鸟筑的巢
这不，就在我家门前树上
鸟儿新建了一个家

相对树上新筑的鸟巢
我们家三代人住的老屋
实在显得有点破旧
家里不断添丁加口
已感觉有点狭窄

不说嘈杂且浑浊的空气
挤得整个房间，满满当当
就连窗子，也感到胸闷
更别想过滤一下阳光
翻晒一下屋里发霉的往事

这天，父亲站在门前树下
搓着手轻声对我说
树上的鸟儿都换了新家
这间年久失修的老屋
也该拆除了重建

这是父亲多年的谋划呵
拖到现在才动手实现

2022 年 4 月匆草

劈　　柴

不知从什么时候起
我们家里除夕夜守岁
都要烧树蔸子火

这不，又一个除夕
父亲不知从哪里找来了树蔸子
架在院子里，准备劈开

父亲扶惯了犁的手
这会儿抡起铁铸的斧头
也一样鼓胀着力

瞧他摆开的那架势
举手抡起一声不吭的斧头
突地一声断喝

就在这一声断喝里
斧头的锋利与尖锐
令时光也在战栗

一个偌大的树蔸
骤然间,在时光中一分为二
散了骨架

他将散了骨架的树蔸
收在一起,忙抱进堂屋
只等夜里放进火盒

2022 年 4 月匆草

塘边,一棵苦楝树

一棵苦楝树
站在我家门前的水塘边
在阳光抚慰的时光里
紫星星般的苦楝花开了
它淡淡的清香飘了过来
惹得塘水拍起巴掌

没等水波笑出声来
突如其来的一场暴雨
挥动淋漓的力的雨鞭

向苦楝树抽去
抽得苦楝树浑身颤抖
枝头紫星星般的苦楝花
也随雨滴洒落一地

这时，一阵狂风赶来
裹挟着雨向苦楝树扑去
似要撕开苦楝树苦涩的记忆
待得风停雨住之后
斑驳沧桑的苦楝树
不得不袒露自己的伤疤
露出黑黝黝的骨头

这棵父亲栽的苦楝树
父亲走了，它还依然活着
望着风停雨住过后，苦楝树
纵然伤痕累累依然倔强的样子
我想起在另一个世界里
饱经沧桑的父亲

2022 年 4 月匆草

石头或墓碑

坚硬,厚重,冷峻
有棱有角,当然也更有
质朴坚韧的品格
深入这块石头,或许
就是深入一个传奇

瞧它纵横交错的纹脉
还留着大山的图案和语言
风霜雨雪,似从它身上
就能感触到一种比文字
更深刻的来历

曾经,这藏在地里的石头
将父亲的锄头啃出一个豁口
父亲将它挖了回来
后来家里翻盖房子
将它做了基石

也许经不住岁月的风霜

抑或久久没人居住
多年后,老家的房子倒了
我将石头从地基里刨出
做了父亲的墓碑

如今,它默默站在墓前
替父亲活着

2022 年 4 月匆草

炊　　烟

夕照的苍茫里
卧在河边一个古朴的村庄
抬眼不见一缕炊烟
那被一阵轻风吹动,袅袅
欲上青天的炊烟

曾经,这村庄的上空
除了无所事事漂泊的云朵
最引我瞩目的,当要数

姆妈早早晚晚升腾的
缕缕炊烟

那早早晚晚袅袅的炊烟
令我神往地想起
姆妈劈柴生火，淘米洗菜
将一个个平平淡淡的日子
烹调得有滋有味

由此，我想
那早早晚晚袅袅的炊烟
不仅是姆妈深情的呼唤
更是姆妈的爱，博大无形
又丝丝缕缕

如今，村庄不见袅袅炊烟
那炊烟，姆妈带走了吗

2018 年 3 月匆草
2022 年 4 月重写

草　垛

秋，忙俯下身去
将一扎一扎脱粒后的稻草
堆成一个一个草垛，堆成秋日
古典的意象

几只小鸟，从秋的深处飞来
落在禾场的草垛旁
忙着拾起草垛遗失的谷粒
散落一地的鸟声，勾起
草垛的回忆

曾经，缘于生命的音符
一往情深融进沃黑的土里
只为禾苗茁壮拔节抽穗
好让谷穗渐渐饱满的思想
喂养饥馑的灵魂

如今，失去谷粒的草垛
只剩下枯黄干瘦的躯体

虽说谷粒交给岁月的粮仓
一粒也没留给自己,却让
乡村的日子充满生机

望着禾场堆高的草垛
骤然,我想起姆妈
乳汁被儿女们吸干之后
那干瘪的乳房

2022 年 4 月匆草

纺　　车

这只乡村的小鸟
丰盈的羽毛早被岁月剥落
只剩一副枯瘦的骨架
栖在老屋的楼上

曾经,它自由地飞
飞在乡村古朴的夜里
当它以民族唱法开始吟唱

将棉花素洁的情思拉长
总让姆妈激动不已
(在那个年代
除了姆妈,还有谁用昏黄的灯光
伴着小鸟吟唱的谣曲
支撑苍凉的夜)

夜夜,姆妈放飞着小鸟
仿佛要将自己所有的热情
融进小鸟吟唱的韵律
拉长又白又柔的线
缝补破碎的日子

如今,姆妈早已远去
她放飞的小鸟也只留下骨架
对于我充满敬意的目光
似乎无动于衷

1983 年 9 月匆草
2022 年 4 月再改

连　枷

在季节深处
在那世上最宽最广的禾场上
穿过漫长的等待
沉浸在一片成熟的清香里
连枷，上下翻飞

日子握在手里
期待追着铺满禾场的阳光放飞
梦的羽翼不能到达的地方
连枷却在那里开花

瞧，母亲蹁跹的手
在琴弦上节奏分明地弹奏
连枷，随着母亲的意念起舞
舞得汗浸的幸福四溅

弦边四溅的麦粒
那是一颗颗金色的音符
摇曳着清风，穿场而过

弹奏乡村丰收的华章
和抒情的断想

1983年9月匆草
2022年5月再改

盐　　罐

灶台上的盐罐，盛满盐
听姆妈说，这只褐色的盐罐
是祖母从娘家带来的嫁妆
算来有六十多年历史

盐，在祖母出嫁的年代
似比米金贵许多
祖母带来满满一罐盐
那浑圆略显粗糙的盐罐
成了一家人的太阳

从此，祖母用她灵巧的手
精打细算，用盐罐的盐
调制豆豉、辣酱、腌菜

将一家人寡淡的日子
调剂得有滋有味

后来,姆妈主持家务
除了用盐调剂菜的味道
在那缺医少药的岁月
姆妈用盐化作爱的汁液
清洗我的伤口

老屋要拆了,为公路让路
姆妈细心地将盐罐洗净
她说,她要将盐罐装满盐
做我妹妹的嫁妆

2022 年 5 月匆草

菜 园

枝头的小鸟,抬眼
望着姆妈浴着黎明的霞光
挥动锄头,将地又翻了一遍

这才将菜种——撒进
刚平整好的地里

白菜抽薹开花了
莴苣拔节踮起了脚尖
只有苋菜泛着浅浅的绿
姆妈总是追着季节除老布新
交替播种

瞧姊播种的神情
似比我阅读课本还要认真些
她说，播种就是一种诺言
这菜园，其实就是她生命的
另一部分

所以，这个不大的菜园
承受着她太多太多的爱意呵
只要有空，她就会在园里
不是鞠躬，就是弯腰
耕耘，播种

有天放学回家，不见姆妈
就跑到屋后的菜园去找
当我低喊了一声"姆妈"

菜园各式各样的蔬菜
都微微点头答应

2022 年 5 月匆草

好想给姆妈照张相

在我家的屋后
不知哪一代有心的先人
栽了几棵香椿树

沐浴一场春雨后
椿树似发了疯,疯狂地
吐着一瓣瓣叶芽

呵,又到吃香椿的季节
香椿炒鸡蛋,绝对是我们家
餐桌上少有的佳肴

像是知道椿树的疯狂
姆妈一大早就来到树下
伸着竹竿采摘椿芽

带钩的竹竿上下起落
一簇一簇椿芽掉了下来
在晨光里跳跃

跟在姆妈身后
我一手提着竹篮,忙着
将一簇簇椿芽拾起

回头仰望姆妈举竿的姿势
恨不得给她照一张相
好日后回忆

不只回忆香椿炒蛋的滋味
更想回忆姆妈为支撑一个家
辛苦劳作的样子

2022 年 5 月匆草

创造的火光

墨水瓶的灯座
浅浅的煤油刚刚耗尽

一豆灯火熄了

这时,夜以浓重深沉的黑
欲要吞噬我的作业本
以及我的笔

不等我怅望夜彻骨的黑
姆妈这时走了过来,手举
一豆小小的星火

我好生奇怪
只见姆妈举着一截铁丝
铁丝串起一串蓖麻籽

望着蓖麻籽燃起一豆火光
很小很微弱,但在我眼里
它就是一个太阳

这不,这小小明亮的太阳
这姆妈创造的一豆火光
照在我笔的尽头

2022年5月匆草

拾　穗

一片收割之后的稻田
显得空旷，也有点落寂
像是在路旁静静等待岁月
我跟在姆妈身后，走进
岁月的深处

不想看久违的蓝天
也不要秋风吹拂的惬意
在这个秋日的黄昏
只想让姆妈和我的影子
闪现在画家米勒《拾穗者》的
那幅意境里

像似搜寻战场溃退的逃兵
细心寻找遗漏的稻穗
也许姆妈体验耕耘的艰辛
才教我款款拾起种田人
曾经种下的心意

缓缓前行,脚踩泥地
忙着拾起一株稻穗
当我将一束稻穗交给姆妈
只见姆妈额头上,缀满
比谷粒还大还圆的
汗珠

是呵,我拾起的稻穗
不正是滴在禾下土的汗滴

2022 年 5 月匆草

南　瓜

张开嘴巴喊过我之后
羞怯而细小的南瓜花谢了
等我再看时,谢了的花蒂上
一个小小的南瓜,趴在
草地的瓜藤上

许是为了一蔸蔸南瓜
攒足了劲儿长胖

姆妈又在棵棵瓜蔸里
浇上屎尿混合的有机肥
好让藤上的瓜,一个
比一个大

不等季节改变风的方向
一个最先成熟的南瓜
不仅让时间变得沉重,更让
饥饿的餐桌前一家人的肠胃
充满期待

待得面盆里调好的面疙瘩
与切好的一片片南瓜
经姆妈升腾的灶火调配
一缕清香,便在袅袅炊烟
和空阔的日子里
充满诱惑地飘着

岁岁年年,年年岁岁
姆妈总要种上几蔸南瓜
让空虚的日子不再空虚
而结在母亲藤上的我们兄妹
不知长大以后有何用

2022 年 5 月匆草

挑　　水

在所有文字里，雪
无疑是晶莹的白
这不，大雪下了一晚上
将村庄埋在白雪里

鸡可不管下不下雪
也不管雪埋不埋住村庄
到了时辰鸡就叫了，而后
门吱呀一声开了

听到门吱呀一声开了
刚好我从梦中醒来
只听见扁担钩，碰着
水桶的声响

雪，似没有停的意思
而且越下越大
雪的白可以埋住天地
却埋不住我的饥饿

弟弟妹妹还在熟睡
村庄,似乎也没有醒来
我悄悄爬起床,站在门口
等姆妈挑水回来

门外,大雪还在飘落
苍茫中,不见姆妈的影子
真恨自己才比水桶高点
不能接过姆妈的扁担

2022 年 5 月匆草

灶　　火

厨房窄小的案板上
摆满了各式各样的菜碟
就像排列的香喷喷的音符
经过一番刀切火炒之后
协奏一曲新年乐

精心选择又重新搭配
姆妈挑了又选,忙了大半天

这一年仅有一次的年饭
绝对要一盘红烧鲤鱼
那寓意很明白：鱼跃龙门
指望一年好过一年

甑里的米饭飘出香味
该炒菜了，姆妈拿起锅铲
嘱我在灶下烧火
我想，只有升腾的灶火
充满激情，才会越烧越旺
便忙给灶里添柴草

火，怎么小了呢
我一听，疑惑地望望灶火
又想给灶里添把柴草
这时，姆妈用锅铲敲着锅沿
人要实心，火要空心

不想这烟熏火燎的灶膛
竟最初教给我烧火，做人

2022年5月匆草

祭　　祖

先端上八大碗菜
鱼丸、红烧肉，还有藕汤
摆在堂前的四方桌上
祖母站在桌前忙着张罗
摆上八副碗筷

父亲举起酒杯喝了一口
然后将酒祭洒在地上
母亲忙点燃几张纸钱
喝令我和弟弟妹妹
快跪下磕头

每年除夕中午
家里都要举行这种仪式
父亲说，除了请先祖回家过年
还有一层意思，告之后人
别忘了来自哪里

是呵，似曾相识的熟悉

源自那一脉相传流动的血
而不曾谋面的陌生
就在这亲切的祭祀仪式中
悄然消失

等父亲点响爆竹
我和弟弟妹妹这才站起
眼巴巴望着四方桌上
冒着热气的菜碗

2022年5月匆草

卖　菜

挑着一担水淋淋的鲜嫩
挑着半天眨一下眼睛的星星
她挑着一担翠青青的菜
赶到三里外集市去卖

透过一丝丝亮光
脚上的鞋早被露水打湿
好在空气清新温馨

让她颤颤悠悠的脚步
迈得踏实均匀

沉沉的一担子菜
压弯她瘦削的身子
也压弯通向集市的小路
和她粗重的喘息

昨夜,将园里摘回的菜
大到一棵白菜小到一棵葱
她都一一清洗干净
然后将各类蔬菜
扎成一捆捆

其实,那一捆一捆的蔬菜
与其说是土地的馈赠
还不如说是汗水的结晶
以及对生活的憧憬

这会儿她搁下担子
将一捆捆鲜嫩摆了开来
人们一下子围了过来
这个以挑剔的眼光挑选
那个拿起菜品评

而这个卖菜的女人
就是我那年轻的母亲

2022年5月匆草

剪　窗　花

又到岁末年初的日子
年味一天比一天浓
阳光从窗口洒落下来
洒在姆妈的剪刀上

坐在年味里的姆妈
一双巧手让剪刀与纸相遇
那一剪一剪蚀骨的爱
不时翻检生活的记忆
然后，妙手构图、造型

像是有神灵暗示
只见剪刀薄薄的唇边
等几朵花争奇斗艳绽开
一只蝴蝶翩翩飞来

落在花儿初开的花蕊上
惹得清风赶来品读

一时间，啼晓的公鸡
邀远天剪春的燕子归来
晚归的牧童吹着叶笛
与不远处的一声声蛙鼓
协奏一首春耕曲

又到岁末年初的日子
为给年味增加一点色彩
姆妈将对生活的向往
——落在剪刀口

2022年5月匆草

缝　　补

姆妈拿起针
轻轻，拨了一下灯芯
一时间，灯火骤然闪亮
让夜也亮堂起来

坐在烁烁灯火下,她将
针尖在黑发里擦了擦
这才将灯火镀亮的针线
一针接着一针,缝补我
九岁裂口的衬衫

有了这一根针
除了可以缝补衣的伤口
家里还有许多杂难事
姆妈都会精心地缝
精心地补

这不,那针抽长的线
也是姆妈的一缕缕情意
不一会儿一块补丁,就像
一个耀眼的奖章
炫耀在裂口上

是谁说——
慈母手中线,游子身上衣
穿着姆妈一针一线缝补的衣
我读懂了这首诗

2022 年 5 月匆草

洗 衣 曲

那天,放学回来
我和小伙伴们,便将
无邪的天真与野性
抛洒河边沙滩上

就在我们游戏结束时
我看见姆妈提着只小桶
向河边洗衣石走来
然后,蹲在洗衣石上
神情专注浣洗衣裳
(浸在水里的是谁的衣衫
是父亲赶犁的泥裤
还是姆妈插秧的薄衫
更有我和几个小伙伴
打泥仗的脏衣)

姆妈抡起棒槌
轻一下重一下捣着捣着
没有比捶打更原始的了

律动的棒槌，上下起落
落在粗布衣裳上

时起时落的捣衣声
以及水里浮动的泡沫
似在漂洗汗浸的酸涩
更在涤除日出月落的
辛勤与劳顿

是呵，起落的捣衣声
和映在河水里姆妈的身影
在一个儿子的眼里，就是
乡村一道最美的风景

2022年5月匆草

谒父亲母亲墓

一座长满青草的坟堆
是父亲母亲最后的安憩之地
这坟堆，堆在青山之上

也堆在我的心上

不老的石头
是父亲母亲留在世上的遗物
碑上静默的文字
不仅缀着生前死后的岁月
更让儿女们深切的怀念
凝固于此

在我没有一点心理准备时
父亲猝然病倒，匆匆走了
这个眷恋世界的人，弥留之际
一遍一遍喊着我的乳名
而身着军装的我，却遥在
三千里之外

那一年，父亲五十五岁
等我千里迢迢赶到医院时
他没有呼吸，却大睁着眼睛
留给我一个无语的谜
当我悲怆的泪水滴在他脸上
他才缓缓垂下睫毛

二十年后
母亲也静静躺在父亲身旁

于是,这座墓是我和儿孙们
唯一下跪的地方

2022年5月匆草

一条小径

晨雾刚刚散去
几缕阳光牵出一条小径
让我返回童年

小径的尽头
是座长满青草的荒山
那满山缀满露珠的青草
让我手里小小的牧鞭
有了牧牛的兴奋

就在小径一侧不远处
有块土改时分给我家的田
这祖父曾经租种的田
父亲后来接着租种
土改后才有了新主人

这一年,田里稻谷黄了
父母奔走田间挥镰收割
待得收割完了后
父亲抚着稻穗对母亲说
再也不用交租了

我跟在父母身后
捡拾失落田里的稻穗
看他俩脸上堆满的喜悦
我有些好奇地问
什么叫交租

如今,青山水田都不在了
只有这一条小径,将我
带回梦的童年

2022 年 6 月匆草

放　　牛

刚刚卸下轭头
父亲将牵牛鼻子的绳子

顺手递给我,嘱我
去山坡上放牛

犁了半下午的水田
牛怕是早饿了
见我牵着它朝山坡走去
它抬头望了望我
眼神如夕光一样多情

不远处的山坡上
雨水洗过的草犹如初生
望着山坡绿油油的草
牛低着头大步走了过去
然后,大口大口嚼着
雨后初生的嫩

看它专注吃草的样子
我也懒得去管它
便信手摘了一片草叶
轻轻吹奏起来,惊得它
缓缓向我走来

它用鼻子拱了拱我
惹得我伸手抚摸它的耳朵
想问问它是不是听懂了

我的叶笛

2022年6月匆草

捕　　雀

清晨，纷纷扬扬的雪
肯定不知道我小小的秘密
这不，才小半天时间
村头宽阔的禾场
竟变成一片茫茫的雪地

禾场雪地的深处
几只远天飞来的麻雀
寻寻觅觅，飞落
一根木棍支起的竹筛下
兴高采烈地
啄食竹筛下的谷粒

在天光与雪光之间
只见刚才撒下的谷粒
快被麻雀啄光了

欲望的木棍,似比我
还要急不可待

没等我拉动木棍上的绳子
几只麻雀就惊骇地飞了
竹筛扑了个空
面对突然飞走的麻雀
我霎时陷入莫名的惆怅
又有几分欢悦欣喜

捕不捕得到麻雀并不重要
重要的是这是一场游戏

     2022 年 6 月匆草

地　　衣

在蒸蛋与腊肉炒菜薹之间
白瓷盘里的地衣开花了
黑色的花瓣,企望着
欲望的筷子伸来

与其说是筷子的兴奋与激动
不如说是我的感动
只因这盘中的开花的地衣
是我跟着姆妈采回的

当一帘烟雨散去
留下不远处山坡湿润的绿
姆妈就拉着六岁的我
向山坡走去

雨后的地衣,苏醒,生机勃勃
薄且柔软,仿佛黑色的木耳
几朵雨洗过的云飘了过来
教我采撷地衣的笑容

莫是饱尝泥土的滋味
这地衣才笑得春意盎然
不想春意盎然地笑,竟笑成
人间诱人的佳肴

此刻,欲望的筷子
伸向春意盎然的黑色花瓣
这区别蒸蛋腊肉炒菜薹的花瓣
让我品尝到春的味道

2022 年 6 月匆草

中 秋 节

为了这个节日
姆妈早前几天就开始忙了
先拿出早选好的糯米,然后
用温情与水浸泡

待得米浆磨好,这才拿出
早备好的冰糖、花生、芝麻
望着姆妈拿出那么多好吃的
我和弟弟妹妹的喉咙里
早伸出贪婪的手

今夜,水晶似的月亮
像是知道我们兄妹的心思
悄悄躲在云里好久好久
这才露出脸来

姆妈盯着天上的月亮
像是要找到一年前的契约
这才动手做起月亮糕

和月色一样洁白纯净的
圆圆的月饼

今夜，月亮在天上
睁着圆圆的眼睛望着我们
我们不看月亮，只把月亮糕
和月饼捧在手上

      2022年6月匆草

鸡　　蛋

妹妹蹦跳着从厨房跑出来
手里举着个煮熟的鸡蛋
在晨光中闪亮

她蹦跳着跑向我
将手中还有点温热的鸡蛋
悄悄递给我
（姆妈往日总将鸡蛋攒起来
拿去换盐，或换吃的油
今天忘记了贫困吗）

我看都没看一眼
就将还散着热气的鸡蛋
顺手递给了弟弟

弟弟回头望了我一眼
哈了一口气,这才将鸡蛋
递给四岁的妹妹

站在一旁的祖母笑了
她说,要不将鸡蛋分了
你们三个都尝尝

一枚鸡蛋的温热
在这个清冷而饥馑的早晨
久久没有散去

我接过鸡蛋
然后,将鸡蛋一分为二
递给弟弟妹妹

那年,门前柳树第八次发芽
我也走进了第八个春天
读小学二年级

2022 年 6 月匆草

元宵灯火

星星点点的灯火
从家家户户的门口亮起
彩灯,是村子的孩子呵
孩子,是村子新生的灯火
映亮乡村的夜

这不,各式各样的彩灯
举起孩子们的欢乐与向往
正是这灯的光焰与明亮
不仅使梦和期盼有了开始
也让元宵在三百六十五天里
具有独特意义

在这星星点点的灯火中
有我举着的一盏灯
这是父亲特意为我扎的灯
那形似一柄火炬的灯
似想以它那灼灼的灯火
照亮我的前程

是的,就是从这灯火
我开始认识光明的
只因这灯火透明的火焰
不仅映亮元宵节的夜
也映亮我的眼睛

2022 年 6 月匆草

又到吃桑葚的时候

多少年后
直到鬓角堆满了霜雪
可当我看到这个词——桑葚
思绪仍禁不住回到童年

一到夏日,桑树上的音符
便吸引我和小伙伴的贪婪
望着一颗颗红里带紫的桑葚
炫耀着美味挂在枝头,就偷偷
咽下几口唾沫

风
似知道我和伙伴们的心思
悄悄送来阳光与桑葚的味道
那味道里有水，有泥土
还有朴实的微笑

有比这红里带紫的桑葚
朴素且甜蜜的微笑
更迷人，也更诱人的吗
不知是谁一声吆喝，我与
小伙伴就溜进了桑园

不等风嘲笑我们的渴望
热切而饱满的桑葚
骤被一双双无邪的小手摘下
那指尖跳跃的旋律，仿佛
一支欢乐的歌

如今，又到了吃桑葚的时候
当年那清新欢乐的采桑葚歌
漾着清冽芬芳的甘甜，让我
回味，回味

2022 年 6 月匆草

摘 桃 子

在夏日丰硕的默许下
姐姐站在高高的木梯上
望着挂在枝头丰腴的桃子
伸着瘦长的手去摘

最大最甜的桃子
往往都挂在最高的枝头
就像姐姐红润的小脸蛋
躲在桃树的枝叶间
闪闪烁烁

记得那年春天
父亲,带着姐姐和我
在这片山坡上栽种桃树
后来,桃树开花了
笑在春风里,更笑在
姐姐和我的脸上

不等春风将桃花收敛

曼妙飘落的桃花
竟奇妙幻变成一颗颗桃子
一天比一天变大的桃子
惹得姐姐和我仰望

这不，站在树下
接过姐姐摘下来的桃子
我在想，这摘桃子的姐姐
不知明天会被谁摘走

2022 年 6 月匆草

交　换

那年暑假，一个小伙伴
挥动手中的手枪向我射击
（他的父亲是一个木匠）
那支轻巧的木制手枪
立刻引起我的注目

一动了念头
我便掏出三颗玻璃珠子

要与他交换小手枪
他接过带着我体温的珠子
然后将手中的小手枪
交给了我

过了几天
我带领几个小伙伴
在河滩展开冲锋演习
当我挥动手枪冲向敌阵
只觉背后被什么东西
重重地击打了一下

回头一看
一颗玻璃珠子落在身后
我忙捡起玻璃珠子
继续挥枪向敌阵冲去
演习完后我立刻找到他
讨回我的玻璃珠子

我把手枪交给了他
他茫然不解地望着我
也许他不明白
木制的手枪是假的
珠子却可当子弹射击

2022 年 6 月匆草

挖 藕

这不仅是个寒冬
这是比寒冬还寒的寒冬
一九五九年的寒冬呵
风,比刀子还锋利

可寒冬的藕塘里
尽管枯荷梗哭丧着脸
唉声叹气地挤着
但在饥饿的人们眼里
却是最美的风景

饥饿,催促十二岁的我
赤脚跳进了藕塘
然后,用斗铲抠向塘底淤泥
寻找埋在淤泥里的期冀
期冀,使人鼓起劲来

大人们的劲肯定大些
踩在齐腰深的泥潭里

也不觉有什么事
而我只能跟在大人身后
挖掘他们遗漏的希望

总算挖出几节藕
尽管拖泥带水冒着寒气
可我觉得这天是这个寒冬
最温暖的一天

2022年6月匆草

荷　　塘

相对于河边的这个村庄，村头的
浅浅荷塘确实很小，小若
村史里的一个词

浅浅的荷塘月色
我已许久许久没有领略过
好几次回乡省亲
月亮，不是被乌云劫走
就是遇到细雨蒙蒙

即便如此，还是去看看荷塘
不只观赏荷花深处的意象
为那朵芬芳馨香的梦，以及
荷花闪耀着的洁净气息
与莲的心事

我有理由为荷花感动
但令我终生难忘的，还是
在那个饥饿难挨的日子
荷塘淤泥贮藏的丰富，充填
半个村子的饥饿

那时，十二岁的我
偷偷躲在大人身后，默不作声
奋力用锹掀开层层淤泥之后
在七孔与九孔之间
不做选择地挖

因而，我更有理由
在痛苦与辛酸的回忆中
感恩荷塘

2022年6月匆草

队屋遗址

队屋早已没有了踪影
但队屋的遗址还在,自然
我儿时的记忆也在

队屋,是生产队里开会
或议事的地方,它还是队里
贮藏粮食的仓库

记得那年那个深沉的夜
姆妈半夜悄悄回来,背着
小半袋稻谷

姆妈的愤慨惊醒了我
在我连连央求后,她才肯
说出实情

原来生产队里私分粮食
不是按男女老少人口
而是按劳动力

因父亲在外工作
三代五口,只有姆妈一人
有分粮食的资格

那一夜,我发誓
长大后一定要当一个
管生产队队长的人

      2022年6月匆草

老屋门前的枣树

老屋门前的枣树
据说是父亲的父亲栽的
我一来到这个世界
睁眼就认识了这棵枣树
并知道它结甜枣

当我学会爬树的时候
那垂挂仰望之上的枣子
浴着秋风,由青慢慢变红
红了的枣子诱惑我的味蕾
让我光腚的童年

从树枝抖落

就这样,春去秋来
这棵深藏目光之外的枣树
总在季节转身之后
映入我贪婪的视线
让我沉醉于季节的躁动
偷爬上树采撷

是谁说,前人栽树后人乘凉
岂止是乘凉呵
父亲的父亲栽的一棵枣树
年年以红硕饱满的枣子
香甜了我的童年

2022 年 6 月匆草

这 些 树

这些树
这些我离家时栽的树,早长成
一片茂密的树林

穿上草绿色军装后
就要远离生我养我的故土
我就在屋后的一片空地上
一口气栽了几十棵树
以纪念我十八岁的
青春

此刻,走进这一片树林
不等我停下的脚步
惊飞栖息树林里的几只小鸟
只听见一棵棵树,争先恐后
向我诉说别后五十多年
风雨云烟

这个说夏季雨后的迷惘
那个讲对抗冰雪的坚韧
当我伸手轻轻抚摸另一棵树时
它低头悄悄告诉我
那葱郁里贮存的葱郁,是它
不可言说的心思

如今,霜雪堆上我的双鬓
可这些我当年栽的树
却郁郁葱葱,依然年轻

2022 年 6 月匆草

下 卷

一个人的黄州

春　醒

穿过唐诗宋词
无声的雨，丰满且多汁
又一次将泥土唤醒
一棵小草刚刚从泥土中萌芽
又一棵小草冒出了芽尖

昨日，残雪未融
一夜春风
那最早绽露的芽尖
生机勃勃
在雨水欲滴的单纯里
摇曳一片新绿

就这样，春从一粒草籽出发
走向阳光
不等阳光亲昵地爱抚
绿意，比春风走得更急
踏青的马蹄，还很远

走过季节谁没有自己的心事
一阵骚动与战栗之后
不等青草染绿我的血液
我听见，血液和雨
深入枯干一冬的心

还有什么语言
能比春风春雨更深刻丰富
喃喃细雨唤醒色彩的记忆
一串花骨朵，站在枝头
信守春的诺言

醒在季节的花草
摇曳一个多姿多彩的春天

2003年4月匆草

新　　绿

残雪还未消融
河边等待了一冬的柳枝

还没来得及尽情舒展臂膀
这时,几只惺忪的燕尾
剪下春的消息

燕子着意衔着的一个"绿"字
砸在雪后的田野上
砸得蛰伏一冬的种子
破土而出
一种蓬勃向上的美
装点着大地风景

许是感受到了温柔的爱抚
路边的小草
一夜间也绽出小小的嫩芽
纤纤的细节
穿过早春二月的风
摇曳无声的绿

就在燕子的呢喃声里
我竟忘了拔下一茎白发
静寂中,荒芜一冬的心
在呢喃声里骤然醒了
吐一缕新绿

走进满眼新绿的春天
生命还会苍老吗

1981年4月匆草
2003年4月重写

窗外的树

窗前,有一棵树
绿色的服饰早已剥尽
但它铁青的树枝
依然直傲地伸向铁青的天
一任寒风戏谑
冰雪欺凌

许是融合了我的思想
这棵我栽的树
像我一样有着风骨
纵然寒冷深入骨髓
它也依然孤傲地站着
守着内心的秘密

失去繁复的服饰
枝柯的颜色却渐渐变深
是沉思,还是回忆
将根扎在深深的地层
站在冬的窗外,站成
渴望发言的姿势

不仅如此
它还吮吸着大地的血液
那是我的诗之树呵
不久就会有崭新的叶子
摇曳着呼唤春天
为冬天送行

2003年1月匆草
2004年4月再改

二月的风

不经意间
我漫不经心地走进二月
乍暖还寒的风

从比路还远的地方赶来
又匆匆走远

哦，走远的风多么沉着
且富有风度
当它轻轻抚摸河边的柳枝时
我看见，颤动的树枝
以一个跳跃的动感姿势
向我频频招手

枝头最初的绿呵
让冰凌在河里惊慌失措
惊得春天霍然醒来
醒来的春天
在小河里涌起潮汛

据说每个人都有心灵
但些微的冷风从我身边掠过
只轻轻抚摸我硬朗的骨头
以及冷峻的血
而我那颗易于战栗的心
却无动于衷

在这乍暖还寒的二月
吹醒灵魂的风呵

比路还要遥远吗

2004年2月匆草
2004年4月再改

春　　笋

寒冬多么暴戾
将我投入冰天雪地
好凶好猛的风雪
仿佛要冷却我的热血
吞没彩色的记忆

肆虐的冰雪
埋得住沉默的期冀吗
我不屈的意志
以及深扎泥土的根须
默默储蓄着力量
期待春的消息

隐隐的雷声
敲响进军的鼓点

将我从沉睡中惊醒
拱破僵土的禁锢
我以凌云的信念
从泥土中崛起

命运,没有被埋没的苦痛
尖锐的冲破却不可抑止
从地里汲取一冬的汁液之后
我无法把握的激情
催促一杆新笋,举起
春的旗帜

春天的旗——
进军的旗
这旗,是我绿色的宣言
冬在哪里猖獗
春就在哪里胜利

1981年2月匆草
2004年4月三改

问　　草

春草
从路边的坡埂上绿了
这些不怕践踏的小草
一直绿到路的尽头
绿到一首古诗里

啄着风，还是饮着露
风露喂养的野草
质朴、简洁而单纯
一年年，以冬不可抑制的激情
绿了又黄
黄了又绿

走在春天的路上
折回的目光
跌落在葱葱郁郁的青草上
怕是不认识怯弱
这些春风吹又生的野草
才茁壮蓬勃地生长

充满生机

呵，远方以远
该如何抵达酿造的春天
闻着青草散发的气息
我不由低下头来
用诗歌和呼吸接近你
接近你生命的深处

这些根须深深扎进泥土的草
这些饱含雨露汁液的草
这些酿造乳汁和牧歌的草
为什么比我的诗歌
更有生命力

2002年2月匆草
2004年4月再改

问　雪

缓缓打开门来
满眼已是皑皑白雪一片

这雪什么时候飘落下来的呢
堵住通向春天的路

白雪晶莹的躯体
原本装扮凛冽的冬天
真有点遗憾
春,早已归来
雪干吗还依依不肯离去

陡来的雪呵
你不见冬眠的土地刚刚苏醒
泥土也已溢出春的芳馨
而泥土里梦见春天的种子
那一句句遥远的独白
你没有听见吗

抬眼远望
雪还在静静地飘落
这是比冬天冷酷得多的春雪
正以凛冽的微笑
笑望着春天

邪恶,莫非尾随纯真之后
透过远方的静寂与空旷
我不敢想象,春雪之后

春天是幅什么风景

2001年1月匆草
2004年4月再改

草　　地

春风吹又生
一棵一棵萌生的小草
就从这里带领一个春天
轰然而至

跟着春天
我走近渐深渐绿的草地
多少年了，草总是绿着
每当大地绿上我的心头
便有风声走来
拂动我的思绪

这不是当年红军走过的草地
当年布满沼泽的草地
已走进历史的记忆

草不说话,仿佛在倾听什么
我低下头来用诗歌和呼吸
接近渐深渐绿的草地

面对春风吹又生的草地
我眼里噙满泪水
我想起当年走过草地的人们
为寻找春天在途中倒下
他们丢在草地的骨头
已成了我灵魂的诗

抬头远望春天
草在渐深渐远的风里默默绿着
每每我从草地匆匆走过
便把怀念埋在心中

2002 年 3 月匆草
2005 年 3 月再改

春 之 声

轻轻
轻轻推开春天的门

一股泛潮的气息
从一粒粒种子里溢出
扑面而来
令我一阵眩晕

不等春的气息弥漫开来
我看见一只小鸟
驾着风的翅膀
从河的那岸飞来
落在河的这岸的树上
在枝头颤动

感念的目光
追着落在树上的小鸟
有种梦醒的感觉
小鸟由暗转晴的歌声
照亮一河两岸的残雪
婉转动人

待得树林打了一个哈欠
我转身一望
只见河岸随风飘动的柳枝上
渐次萌生
一个一个翠嫩的鸟嘴儿

似要唱些什么

于是,在柔情融融的河边
我随意折了一枝柳枝
做了一支柳笛
不想用嘴轻轻一吹
竟吹出一声声鸟鸣
惊起一片水声

2004 年 2 月匆草
2005 年 3 月再改

草　叶

远处
冰冻的钟声还没有醒来
隔岸的残雪也未消融
一株小草急匆匆地拱破季节
骤以一缕新绿,预告
春的消息

一缕新绿

似是一把并不明丽的剑
怎以力的锋刃劈向冬的暴戾
残冬渐渐溃败
绝望的泪从草叶上滴落
洗绿三月

不争沃土
相思却顽强地扎进泥里
更有生命的根须
汲取泥土里热血沤过的汁液
不然，怎有力量站在风里雪里
期待

伫望春的消息
一缕新绿亮丽了我的眼睛
待我久久地注视之后
不禁骤然想起
大洋彼岸的那位大胡子
与他的《草叶集》

1993 年 3 月匆草
2005 年 3 月再改

蓓　蕾

在春的岸边
我看见，你以含蓄的潇洒
站在三月青青的枝头
默默等待

风
从你身边走来走去
轻轻呼唤着季节的昵称之后
又探询情感深处
而三月，又是怎样一个
摇曳心旌的时节呵

信守盟约吗
你强抑着内心的激动
将芬芳醇厚的心事
关在遐想里
感知季节

或许

还不到贸然开放的时候
你又将生命承受之轻
用痛苦或欢乐的泪水
积蓄或孕育

站在春的岸边
我也默默等待
等待,因你绽放而灿烂的
季节

1993年3月匆草
2005年3月再改

蝴　　蝶

一朵会飞的花
翻飞在浅绿色的旷野上
翅膀驮起的灵感,骤使
春天也动了起来

曾经,在庄周的梦里
仿佛一枚思维的果子

如今,像记忆一样打开了心事
开合翻飞的意象
令太阳炫目

走过冬天
来不及梳理一头纷乱的思绪
一支小令被风轻轻吟着
释放春天的情绪
诠释我的期待

追着蝴蝶动情的翅膀
掠过晴川历历,芳草萋萋
落在一片多姿多彩的花丛里
相思的翅膀为谁而落
若动我的情思

真想用我的美丽和智慧
捕一只蝴蝶制成标本
夹进我空旷的日子
好留住春天

1993年3月匆草
2005年3月再改

迎 春 花

又一场风雪
弥漫起大片大片的冷
划破冷冽的诗行
你摇落淡黄淡黄的花枝
在风里低吟

从冬的深处走来
我的脚印在雪地里前行
不想你比我还早
连一件绿衫也没穿
伫立在季节边缘

命里注定
你是预言中的信物吗
从冬眠的梦中醒来
自然有种渴望
在枝头黄灿灿地爆

走在花的前面

欲唤回多彩的春天
凝望你临风而立的身姿
我半是感念
半是敬意

于是,追着你的脚印
我开始了春的行旅

1993年4月匆草
2005年3月再改

三月,我们播种

阳光,金色而温馨的吻
田野醒了
犁铧和泥土蜜蜜倾诉离愁之后
种子和种子汗珠一样的希望
一颗颗从指缝流出

我们等了多久呵
从风雪扑打窗口的时候
焦灼的心

期待布谷鸟金色的召唤
信念一样饱满的种子
早已精选筛好

如今,天高地阔
连阴坡也摒弃了灰暗与惆怅
随着手臂高低起落
撒播的音符驾着布谷鸟飞远
一声声,都是内容充实的
三月的歌

播呵,我们播种
欢快、匆忙而信心百倍
播着对泥土的眷恋
蓦地,一颗种子一颗鲜亮的心
和种子一起滑落指缝
落进黑沃沃的土里

也许,斜斜的雨意之后
当秋风缓缓吹响成熟的鸽哨
祖国,请收获吧
从我胸中崛起的希冀

2007年10月匆草

桃 花 汛

满谷的桃花开了
应着一溪泛潮的桃花水
谁家女蹲在溪边的青石上
起起落落的捣衣声
溅起一支洗衣曲

追着桃花汛,黄昏风
拂动她的秀发,也拂动心思
她把凌乱的头发拢进发卡
然后将一件浅红的衣裳
在渐涨的溪水里
轻轻摆动

洗去昨日的灰暗
还是把亮丽眺向明天
捣衣杵不经意落在石上
乱了节拍的捣衣声
袒露了少女心中的秘密

感动这个季节的
不只是泛潮的桃花水
瞧,晚归的小伙子
将浸了汗渍的衣服搭在肩上
起落的捣衣声捣乱他的脚步
惹得他朝溪边眺望

望着溪边捣衣的少女
他禁不住衔起一片叶笛
悠悠吹起
"有位佳人,在水一方……"

2007年10月匆草

油 菜 花

迎风而动
在迎风而动的激情里
一朵油菜花开了
又一朵油菜花开了
这为春天独守的油菜花
闪着内心的光芒

为了嫁给这个春天
油菜积蓄了一冬的激情
在渗着阳光的风里释放
然后,以血的热烈
漫过山岭开遍山野,吐着
令人战栗的幽香

如约而来的一群蜜蜂
欲语未语
它们弄不懂
油菜花里突如其来的热烈
竟让三月的太阳
也有些令人目眩

只有守候村庄的女人
忙完家里的杂活,站在地头
望着采花的蜜蜂
从一朵花蕊钻进另一朵花蕊
脸上油菜花样灿烂的笑里
渗出一丝苦涩

2007年10月匆草

春　　望

满畈满畈的油菜花黄了
一朵朵，镀亮三月的风声
那是谁家的妹子，站在
季节深处伫望

面对田野镀亮风声的花
少女沉浸在风声奏响的芬芳里
这开在三月摇曳心旌的花呵
是谁在冬天，虔诚地
播下一粒粒种子

（整个冬天
田头那条小溪没有停止歌唱
希冀，怎能封冻呢）
冬，冰不住小溪的歌声
又怎冰得住少女的情思

春，在小河的歌里霍然醒来
开始忙碌和酿造

如今,这摇曳心旌的花开了
那追花夺蜜的蜂群呢
少女眼里闪着期盼

花期如梦,梦如花开花落吗
开在季节深处的油菜花
为啥也像田头开花的少女
在风里惴惴不安

2007 年 10 月匆草

地 米 菜

春汛激荡的溪边
你把盛着地米菜的竹篮
缓缓浸在溪水里
清凌凌的小溪水呵
浸得三月鲜嫩的地米菜
水灵水灵

篱笆墙外的桃花
什么时候开在你的脸上

没油少盐的地米菜
乡里人谁稀罕呢
你将手漫不经心伸进竹篮
洗着你的小秘密

洗着，洗着
小溪水也显得有些激动
和你一起唱了起来
缓缓流淌的小溪水
随着你水灵水灵的歌声
流得好远好远

源远流长的小溪水哟
源远流长的歌
洗着情歌还是洗着地米菜
春汛三月的少女呵
把春汛拍击心弦的等待
洗得发烫，发亮

2007 年 10 月匆草

雪　祭

最初的雪
在风里静静飘落
飘落寂寞而空旷的田野
雪很生动
使田野深邃而神奇

走在空旷的雪地上
走着，走着
没等风追着我的脚印
脚下传来土地浑厚的悸动
只见那最初飘落的雪
开始在地里融化

我有些伤感
想象雪花飘落的风姿
那么自由而快乐
莫非这天国的精灵
是为滋润土地而降临

谁先落地谁就最先消失
那又怎样
雪,深入泥土的内部
让我听见麦子的光芒
在深邃神奇的土地上闪烁
将日子照耀

也许就这么简单
透过季节的手指
楚楚动人的雪
甘愿以素洁的生命
祭丰收的神

2007年10月匆草

夜　　雨

夜雨,是上苍
送来深情的祝福吗
一滴一滴雨珠
淅淅沥沥敲在屋瓦上
说给我听

再不下雨
田里就没有水插秧
真好,有这样一场雨
田埂上的草早就可喂牛了
秧田绽芽的谷种
也该往上蹿蹿

屋瓦上溅起的雨声
渐远渐近
平平仄仄飘在我的枕边
听着雨声水灵灵的祝福
我不仅可以做个好梦
也可以喝酒了

黎明时分,雨停了
远近的鸡叫了
谁家的屋顶冒起炊烟
我顺手从门里操起一把锹
出门蓄水去

2007 年 10 月匆草

燕 归

是去年飞走的那只吗
瞧你,吻着一瓣瓣新绿
干吗在屋前低旋徘徊
寻觅温馨的梦呢
还是忆念的家

风剪剪,你剪着春风
山村的风景已不用裁剪了
瞧,土屋装着的贫困
早已彻底消逝了
就在父亲的父亲住的地方
建起了一栋小楼

钢筋混凝土的脊梁
再也不怕岁月的狂风暴雨
汗与信念支起的阳台
告别潮湿而光线不足的日子
让欢乐富足拾级而上

此刻,你惊愕些什么
你没看见房顶遥向天外的天线
揽着日子的歌唱
遥向远天,欢迎你自由的翅膀
衔着一撮泥,或一撮草
一撮春天

落下来吧,远归的燕子
落下渴望的呢喃
落下爱的诗句
山村,家家都搬进了新家
现在该你营巢了

2007 年 10 月匆草

农　具 _{组诗}

镰　刀

今日芒种
握着镰刀我走出门去
那熠熠生辉擦亮农事的镰刀呵

大多时候
镰刀都是很随意地挂在墙上
刃上布满的皱纹
刻满岁月的艰辛与叮咛
在钢铁的一侧,默默
守望日子

也有不静的时候
那时,麦穗刚刚灌浆
想起日后那尖尖的麦芒
和饱满的麦粒
镰刀便在语言深处
开始躁动

守望的日子终于过去
出征的季节来临
镰刀贮了一年锃亮的热情
以冷冽的光芒
深入麦子的根部
收割土地的梦

不知什么时候
镰刀被挂在一面旗帜上
这有着三千年历史的铁器
与信仰和旗帜一起

除了收割大片大片的麦子
还想收获点什么

这熠熠生辉擦亮农事的镰刀
这我父亲曾经挥动的镰刀
此刻正握在我的手中

锄 头

锄头,像是一个用旧的词
需要经过泥土反反复复地擦拭
才会呈现铁的本质

我的祖祖辈辈
都曾将这个词一次一次用旧
一把用旧的锄头
一次一次,用汗水淬火之后
再与泥土做倾心的交谈
依然明亮锋利

守在季节的深处
锄头,不仅是亮出锋芒的铁
也是书写生命的词

在祖辈和父辈们的眼里

这是个源远流长的词,并不是
所有的农人都会运用它
只有那些种庄稼的好把式
才会挖掘出词所蕴含的能量
体会词的意蕴

是呵,谁会使用这金属的词
谁就会有一片属于自己的天地
和比词还亮的日子

犁

穿过五千年的风雨
仍挺着那钢铁的脊梁
弯着沉重的腰,走在
季节深处

问候季节的空白
将那些见不着阳光的泥土
一层一层打开,犁铧
这才将土地的缄默与诚实
向世人解说

最是我的父亲
一个厚道如牛的庄稼汉

粗糙的手握着农具
那驾驭犁铧摇曳的姿势
仿佛摇曳一支不知疲倦的笔
诗人般抒情

只有农闲的时候
父亲才用汗水将犁铧洗净
这才高高挂在墙上,如旗帜
高悬沧桑岁月的深处

水 车

穿越一个梦,抵达又一个梦
那些沿着车叶爬动的水
爬过一层一层田埂之后
再也不能回头

斜躺在田埂的缺口
一节一节龙骨,临流而动
水车低缓深沉的旋律
让咿咿呀呀悠长的谣曲
响在时间的河上
(水车声声
这一片土地和村庄
都是它喂大的)

只有车水人,默不作声
这一群黝黑的汉子
都是我血脉相连的亲人呵
他们每一个车水的具体动作
都有闪耀汗水的光芒

汗水,也默不作声
默默滴进一列列爬动的水里
流向岁月干渴的痛处
浇绿稻禾葱翠的梦

铁　　锹

该是下田的时候了
父亲望了望天气
(季节风从南方吹来
这个不怀好意的家伙
又吹走了天上的积雨云
气得秧苗,在田里直跺脚
望着赤裸裸的太阳
喊渴)
扛着一把铁锹
一柄刚刚淬过火的铁锹
亮出锋芒

刚与渠中的流水对白
又与父亲的目光相融
锹,外表看似冷漠的铁
内心却很炽热

不用言语
一锹下去,铁的笨重与锋利
打开田埂的缺口
一股流水,顺着铁锹的指引
深入稻田深处
听起来韵味十足

那潺潺缓缓
如殷殷血浆汩汩流淌的水
流进秧苗的根脉和灵魂,使
比流水更低的秧苗
挺拔而茂盛

石　磨

几排石齿形成一种默契
两块粗糙的石头结成连理
蹲在屋檐下,多以打禅的方式
静坐,沉默不语

打从有泪的日子
我祈求的目光就望着石磨
当父亲推动石磨旋转
那缓慢低沉的旋律,似将日子
重重压在磨盘上

比月落晚,或比晨曦早
母亲注一勺黎明,或一勺黄昏
落进磨眼蹒跚旋转的麦粒
碎成一种洁白

洁白,更以淳朴的品性
在磨之歌原始的谣曲里流淌
流淌淡淡温馨的素洁里,也许
还要掺进一些野菜
营养贫血的季节

其实,蹲在日子深处的石磨
更像我患难与共的父母
以石的粗糙、坚韧和默契
相依为命,厮守

扁　　担

横在肩膀上

肩膀便是一个沉稳的支点
扁担与肩,构成一座
岁月的杠杆

许是命运的暗示
由此,扁担不再寻常
无论生活,或日子多么沉重
有了肩膀作支点
再重,也轻轻挑起

这不,一头挑着黎明
一头担着暮色
无论桑木,或者楠竹
只要横在肩上,颤颤悠悠
扁担从未歇过

从右肩换到左肩
或者从左肩换到右肩
换个支点,角色依然不变
与肩膀相守
庄稼人的脊梁谁曾弯过

勇挑重担的扁担呵
总把庄稼人日子的沉重
在坚韧而厚实的肩膀上

变成吱呀呀的吟唱

石　　碌

轮到石碌上场了
在古褐色的晒场上
层层麦禾铺成一座戏台
石碌成了主角

吱呀，吱呀
不等石碌开始进入角色
轴心，牵动汗水的希冀
沿着蹒跚的原始
一圈圈滚动

滚动，该是一个乾坤呵
一生纵然历经岁月的沧桑
石碌依然沉默不语
总将农人沉甸甸的构想
落到实处

从容镇定，周而复始
在乡村滚动了千年
时间，一天一天老去
石碌还硬朗地活着

为历史做证

待得夕阳赶到禾场
石磙骤将夕阳碾碎
那磙下溅出的满天星星
化作一颗颗麦粒
溅满晒场

木　　锨

在乡村农具系列里
你是一位负责的检察官
且忠于职守

瞧你，结实的木柄
有木头憨厚质朴的诚实
而宽阔硕大的锨板
亮出你的胸怀

待麦子或者谷子上了禾场
你就像枕戈待旦的勇士
请求披挂出征

清风徐来
邀你将一锨欢笑扬上天空

那些经不住风言风语的
只好匆匆逃遁

风吹之后
望着那落地脆响的丰硕
你夜不能眠

碓

以纪念的方式
立在村头,不只是
立一处风景

乡村的生活
曾经很原始,也很粗糙
那些粗糙原始的谷子
总爱投进敞开的石臼
让石碓爱抚

沉重的碓头高高扬起
又结结实实落下
碓头扬起落下,反复捣舂
像是抒发凝重而坚韧的情感
直到触及谷子质地的细腻
石碓才肯罢休

从粗糙的禁锢中脱颖而出
碰撞,才使生活有滋有味
乡村的爱,也是如此呵
不仅仅是肌肤摩擦
更是心与心相碰

舂米的石碓石臼
以纪念的方式,纪念
乡村原始有爱情

1983年9月匆草
2008年2月重写

粮 食 _{组诗}

小 米

硝烟远逝
如今,我们只能从
唢呐一声声嘹亮的歌唱里
感受小米的光芒

这闪烁光芒的米粒呵
有金子一般的品格
有太阳一样的光泽,不仅
辉煌在汗水洒落的地垄
也辉煌在历史深处
(不管你承认不承认
品尝小米,我们总能品尝出
一种特殊的滋味)

不是吗?这些圆润饱满的颗粒
曾以土地淳朴的爱,与
一支步枪一起
在镰刀和锤子的运筹下
演绎一段传奇

如今,感受小米的光芒
与其说是领略粮食的本质
不如说是感悟一本沉甸甸的
历史教科书

红 高 粱

对于高粱,总想写点什么
这心思酝酿很久都快酿成酒了
然而,我对高粱的记忆

与酒无关

记得秋风起时
这些土生土长的男子汉
一个个高昂着头
揭竿而起,举着一支支
燃烧的火把
迎风而立
(这灼亮天空的火焰
这哺育人类意志的旗帜
这火焰旗帜辉映的景象
咋和一个历史画面重叠)

更有红色的思想,用血孕育
而血运旺盛的激情呵
又化作赤色的喧响
一阵一阵,悲怆而雄壮
连飞过高粱地的山雀
叫声也红得惊心

如今,如火如炬的红高粱
从我故乡的红土地上消失了
因此,我想为一个时代
用诗留一份记忆

玉 米

一场雨后
在有些泥腥味的阳光里
玉米拔节的声音
奏响田间最美妙的音乐
让谁倾听

纯真透明的律动,催促风
从玉米地里探出头来
似在悄悄告诉我
在乡村诸多的植物中
玉米总爱用生机勃勃的茁壮
引人注目

待得我抬起头来
玉米浑身青翠的血液
一波一波涌动
鼓胀一种喷薄欲出的力量
就像乡村的一群美少年
比着劲儿生长

最是秋天
玉米饱满的心思一天天透亮

透着泥土的芬芳
耀一片金黄
令世界目眩

谷　　粒

一颗一颗
谷粒丰满的思想与形象
摊露在晒场上，摊成父亲
梦中构思的喜悦

风，也日夜兼程
穿过含苞抽穗的季节
追着父亲的脚步来到晒场
望着父亲守望已久的目光
新谷淡淡的清香，让风
也馋涎欲滴

形象丰满的谷粒
岂止芬芳父亲激动的心情
它们丰满的思想，天然的质感
也在等待父亲的检阅
和岁月的筛选

望着满地的谷粒

父亲满手站立的茧花,提着
一把木锹在走
刚才还睡在迷梦中的谷粒
这会儿匆匆醒来,惊讶着
悄声细语

这时,午后的阳光
洒在一颗颗醒来的谷粒上
似在给父亲,诠释
汗与土地的涵义

红　　薯

倚着柴门,嘴含着手指
欲望的眼睛望着灶火
不等我的心思烤热
母亲将一只烤熟的红薯
递到我手里

捧在饥饿的手上
感觉很烫
我忙从右手递给左手
又从左手递给右手
红薯冉冉升腾的热气
令我战栗

这是瘦削的父亲
在贫瘠的地里,起早贪黑
像养育头生儿子一样
精心养胖的红薯
也是母亲,嫁女儿一般
细心梳洗之后,用火
煨热的红薯呵

母亲说,趁热吃吧
吃了上学去
闻着烤红薯甘甜的清香
我发现,剥去焦黄的薯皮
是一颗赤红的心

土　　豆

扬起镢头
他扬起镢头忙打开泥土
一嘟噜一嘟噜灰头土脑的土豆
带着泥土的芬芳,笑在
他的属望里

根植于汗水浸润的泥土
花一开,就再没有憾事
无意惊动天边的寂寞

聊将自己悄悄隐藏地下
紧紧握着阳光的根
一天一天长大
(默默躲在土里
亦如那不事张扬种植土豆的
庄稼兄弟)

虽不抛头露面
一颗怀春的心,却借
茁壮生长的声音告诉世界
它会依着节令的绝唱
孕育生生不息的村歌乡谣
凝固汗水和梦

这不,一辆四轮拖拉机
停在土豆地边
这些灰头土脑的土豆
仿佛那些进城务工的兄弟
不知拉向何处

剥 豌 豆

放学归来
远远望见母亲,倚着夕阳
不慌不忙剥着豆子

我忙凑了过去

大手,小手
母亲和我比赛剥着豆子
我剥一颗她剥一颗
她抠着她闷了一冬的心事
我剥着我小小的秘密

这是阳光渗着汗水
喂胖的一颗颗豌豆呵
剥着剥着,我将一颗豆粒
偷偷丢进嘴里

母亲笑了,酸涩中渗着甜蜜
她说,你不用手剥开豆壳
豆粒怎会到你嘴里
我还没来得及咀嚼豆粒
顿感灵魂出壳

不一会,月亮升起来了
盈盈月光,散发着温馨
月亮也像我剥的一颗豌豆
不知给谁充饥

一 粒 米

一粒米呵
一粒阳光雨露的结晶
不仅让我口齿生香
更使我荡气回肠,浑身发热
感激的泪水,潸然

不想用过多的词语
对一粒米进行过分修饰
其实,它饱满结实
而且有着奉献自我的灵魂
这灵魂,关系着人类的
生存与繁衍

正是厚道如此
人们才对它满怀敬意
只因它深刻且朴实的爱
令生活深处的芸芸众生
餐餐期待

所以,对于人类
一粒米,不是神灵的神灵
谁都知道,民以食为天

只有米粒源源抵达锅里
人们日落月出的日子
才饱满充实

渗入人的生存之后
即打了一个饱嗝之后
人们的一切非分之念
都是从打了第二个饱嗝
开始

1973 年 9 月匆草
2008 年 3 月重写

工　匠 组诗

石　匠

叮当的凿石声突然停了
他用目光抚过粗糙的石头
然后，朝手心吐了一口唾沫
又继续挥锤敲打

一上一下，或轻或重
一高一低，均匀沉稳
汗水从他粗犷的额头渗出
催他起落有致的手臂
用锤子錾子深深刻出思想
与岁月深情对话
（瞧他布满皱纹的额头
仿佛一块嶙峋峥嵘的石头
不知被谁凿雕）

更令太阳震颤的
是他深凿灵魂的声音
当他那布满皱纹的脸颊
亲昵地贴近嶙峋峥嵘的石头
那石头便在他的锤凿里
复活了生命

待到最后一块石头
被他铿锵的锤凿声沉沉穿透
他也硬成一块沉默的石头
雕成自己的铭文

铁　匠

举起铁锤，举起铁的力量

他着意敲打着一块铁
那是一块通红通红的铁
刚从炉火中取出
他不急不躁,一上一下
沉稳,准确,有力

春耕的父亲,夏锄的母亲
谁不需要锄头与镰刀
炉火映红他炽热的情思
他说,让每一块铁都驯服
是他应尽的责任

在一声紧一声的敲击中
只因他将铁的坚韧与锐利
悄悄放在锋刃上
这不,数不清的破铜烂铁
在重重的敲击下
改变了模样

炉台,是他祖传的家业
当年血气方刚的祖父
用仇恨的火,铸铁为剑
父亲接过铁锤,一身铿锵
又铸剑为犁

如今,他又接过铁锤
将家传的炉火越烧越旺
他说,他就是一块铁
不仅根据需要打成各种模样
也会将打铁的节奏与快乐
借铁锤铿锵歌唱

木　匠

是的,他确实有些木讷
可当他拿起木头横直一瞄
就兴奋地举起力的斧头
以游刃有余的动作
随心所欲,与木头交谈

那曾承载鸟儿啼鸣的树林
那曾有滋有味生长的大树
那曾与风浪搏击的木排
如今却以渐趋风干的躯体
成了他扬起的斧头下的
献身者

这不,斧头起落有致
又由表及里由里及表
待得一番删繁就简的砍削

一件木器的某一部分
也就缓缓成型了

如此这般一来
他就将木头组合成家具
显然,这是一个艺术过程
无论门,窗,桌子,椅子
甚至一口棺材
都像一件艺术品

磨 刀 人

水,从脸上深深的皱纹里
滴落在粗糙的磨刀石上
然后,弯下身来挥动手臂
重复一个简单的动作
霍霍有声

确实,动作简单明快
却令钢铁与石头
来了一次决绝的较量
待得刀口的锈痕
一层层剥落,刀就露出
内在的锋芒

这时,他会停下来
用大拇指小心试试刀刃
看看刚才还缺牙豁齿的刀
是不是磨得锋利无比
达没达到钢与铁
应有的深刻

问他磨了多少把刀
他笑而不答
只伸出粗糙变形的手
只见他手里的刀越磨越薄
但他那双起茧的手,却
越来越厚

篾　　匠

在这个多风多雨的夜晚
他坐在一盏昏暗的油灯下
关节粗大的手
聊将窗外的风风雨雨
一缕缕编进竹篾里

儿时一场大病之后
他不幸整个下肢都瘫痪了
再也无法独立行走

待长到能握一把篾刀时
他以青春勃发的律动
欲与命运搏斗

不幸中的万幸,他的篾刀
不仅剖析生活平淡的哲理
而哲理中的篾青篾黄
将他的苦乐与年华
编进件件精美的竹器里
背篓,撮箕,竹筛,竹篮
都是生活的符号

这会儿
他把新剖的篾条衔在口里
这才搓了一下掌心
他要精心编织一只花篮
祝贺村里的小学开学
去盛新生的太阳

与竹子为伴
他庆幸找到了自己
更要感谢两棵劲挺的竹子
支成一副坚挺的拐杖
支撑他坎坷的人生

弹 花 匠

一把岁月之弦
紧紧蹦在他的脊背上
他又将一柄古老的木槌
叩打他单调的人生
弹着他的梦

实在记不清楚了
他弹,将白弹得更洁白
又将梦弹成祝福
祝孩子有恬静的摇篮曲
祝新嫁娘有温馨的憧憬
祝老人有温暖的晚年

为此,他一再弓着脊背
而弹奏的富有弹性的乐音
不仅涌起雪浪,白云
甚至岁月陈旧板结的观念
他也用激情的弹弓
弹得疏松柔软

待得一群放飞的音符
以执着的信念张开翅膀

衔着一支苏醒的古老的歌
匆匆挤进喧闹的生活
这美丽得令人心酸的调子
震撼人间所有的琴弦

这不，他又弯腰弹唱了
他弹唱的姿势告诉我
人，只有先弯腰再流汗
然后，才能站直身子
有尊严地活着

解　　匠

劲鼓鼓的肌腱
鼓胀生命劲鼓鼓的激情
一浪高过一浪
推动锯齿锋利的意志
细密而深入，行走在
木头曾经的风雨里

就在激情与力
激昂而沉缓的俯仰之间
粗大的木头渐渐瓦解
而那纷纷扬扬飘落的锯末
仿佛时间的血

一时间，不用去看
或者横剖，或者纵锯
锯齿都会精准地沿着墨线
抵达应有的深度
或者锯方，或者成圆
以对木头深刻的理解
去挑梁作柱

他们是解匠
在激情蒸腾的热汗
和力一上一下的喘息里
用辩证唯物主义的锯子
将木头一分为二

漆　　匠

拉开一段距离
他眯眼审视面前的一切
先用精心调制的油灰
填补时间的空隙
再拿起一把油漆刷子
轻轻地刷——

给窗户刷上简洁与明亮
给椅子刷上沉实与安稳

给婚床刷上快乐与幸福
给棺材刷上悲怆与泪水
……………

一个生活的经历者
当然知道生活需要什么颜色
虽然油漆刷在事物表面
但他仍要十分用心
寻找一种簇新的感觉
深入事物的肌理

正因为如此
面对生活五颜六色的图景
他知道，对什么事物
该选择什么颜色的油漆
——涂抹

因为，在这个世界上
还没有谁比他
对世俗与油漆的关系
理解更深

剃 头 匠

一声吆喝之后

他慢悠悠地点燃一支烟
坐在村头的大树下

未等吆喝声落
村里的毛头小伙子
还有小媳妇带着小儿子
还有小儿子搀扶着老父亲
以渴求简洁精粹的惬意
朝他走来
(生活教会他一门手艺
他就全心全意将自己的手艺
交还给生活)

先来后到
他先用推子轻轻推剪
剪去多余的岁月
再让一把古典的剃刀
发出铁质的宣言
告慰世人

一头热的热水未冷
与起与坐的许多精彩细节
充填了他忙碌的人生

泥 瓦 匠

带着一把瓦刀
也带上黎明早醒的霞光
或夜幕散落的星辉
忙着串村走巷

倾其一生
他都在让瓦刀上下起落
然后，在苍天之下
在梦想之上
奠基，立柱，砌墙……

由此，他一双粗糙的大手
聊将质朴与土地凝结成结实的砖
在刚刚拆除的废墟上
为岁月，也为日子
忙着砌遮风挡雨的新房

每每砌好一栋新房
除了享受汗水浇灌的欣喜
他还要回头望上几眼
给主人送去真诚的祝福
有房子，日子还不算小康

虽然,拥有如此的手艺
可在生活的风雨中,他常忘了
给自己买把遮风挡雨的伞
只因他心里装着无尽的远方

2012 年 5 月匆草
2012 年 8 月重改

一个人的黄州 组诗

在黄州城头,咏竹

站在城墙上,站在月波楼遗址旁
与其说站在城墙上,不如说
站在《黄冈竹楼记》里

黄冈之地多竹,此话不假
当年,黄州太守王禹偁
就在我站在的这个城墙上
以如椽之竹做小楼两间
得与月波楼相通

此刻,站在《黄冈竹楼记》里
抬眼遥望不远处的赤壁矶下
只见一片苍翠茂密的竹林
在远来凛冽的寒风里
劲挺地矗立着

随着凛冽的寒风
大朵的雪花,从空中飘落
落在竹林翠绿的叶片上
竹子,毕竟是傲霜的植物
生翠而又耐寒呵

不仅如此,竹子昂扬的绿
以及清瘦挺直的骨节
更是意象中的意象
故而也就成了艺术家们
钟情的爱物

这不,画家以竹写意作画
作家借竹著文明志
而我,则以竹吟诗抒情

一个人的黄州

乡愁催促久别故乡的我

揣着几缕有关黄州的想象
漫不经心回到黄州
不想好久不曾下过的雪
纷纷扬扬迎我

追着大朵大朵的雪花
缓缓我走进遗爱湖,就在
雪花飘落湖水的缝隙里
着意打捞失落遗爱里的
缕缕记忆——

那年,苏子的乌台
不料变成黄州的东坡
从东坡再往前走就是雪堂
那里离苏子耕耘的东坡
隔着一个季节

最是赤壁矶头
惊涛镌刻的层层叠叠诗意
引我穿越时空
低声轻吟着"大江东去,
浪淘尽,千古风流人物"

这时,漫天雪花以幽蓝的光
覆盖我碎片似的记忆

站在二赋堂前
偌大的赤壁只有孤独的我
独倚栏杆，顾影自怜

黄州，是苏东坡的黄州
还是我的黄州呢

品 味 黄 州

来黄州，自然要游一游赤壁
也要重温一下苏东坡的
一词二赋

我不是游客，我是游子
故而我那条回家的路
便是我的胃

如此一来，我的乡愁
除亲情、乡情、故土情外
就是味蕾了

所以，每每回黄州
餐桌上点的头一道菜
非东坡肉莫属

据说,这东坡肉
都是用八卦井水浸洗的
肉色格外清亮

说了你也许不信
就是这东坡肉,竟治愈我
肥而不腻的别恨离愁

朋友,你若来黄州
不尝尝东坡饼,品品东坡肉
那就不算到了黄州

夜游赤壁,怀东坡

真是有点幸运
东坡兄邀我夜游赤壁
这不,踏月色拾级而上

遗憾的是,不见卷起千堆雪
惊涛拍岸的江水早已远去
但赤壁矶还是当年的

坐在赤壁矶,拥一片江山
与坡兄促膝畅叙当年
江上明月清风,水波不兴

如今,不可赤壁矶下泛舟
那就去二赋堂,听坡兄讲讲
竹杖,芒鞋,蓑衣

坡兄说,我本识字耕田夫
所以能在东坡上,以笔为锄
躬耕陇亩,养活自己

至于手执铁板唱大江东去
只因不甘被历史捉弄
才想在困境中活出自己

坡兄一席话,让我顿悟
抒豪情,肯定要登高望远
写壮阔,必曾经沧海

在安国寺吃茶

缓缓转动手中的茶杯
一杯禅茶,骤然穿过尘世
红尘滚滚的喧嚣
由浓变淡

不远处,佛陀似笑非笑
似给我打一个哑谜

望着飘向莲座的腾腾热气
以及杯中神性荡漾的禅意
我不由获得满足之后的
静默

遥想当年
先生谪贬为黄州团练副使
没有多少公事可干
就常来这里品茶论道
那禅味,经由舌尖传至笔端
浸透诗文

如今,不知这蒲团上
是否还残存先生的体温
就在举杯俯仰之际
我品着世间最深刻的味道
浑浊的眼睛开始透明

安国寺钟声

时间轻轻侧了侧身
晚钟应声响起
这吐纳大气的钟声
从安国寺那边穿文峰塔
抵达肃穆的黄昏

站在黄昏里
和所有的参悟者一样
祈祷内心的宁静
因渴望钟声金属的节奏
蕴一种从容大度
回响胸中
(怀揣家乡与梦
和时间一起匆匆赶路
每页生命的开始
总有一种东西牵引)

来不及攥出灵感
钟声轻轻拍击我的胸口
在一声一声震颤里
铜质的钟声缓缓沉静下来
化作沉默的箴言
镌刻在我的心上

不知是佛令苍天有眼
还是木鱼声漾着我的虔诚
待得晚风拂过我胸襟
那儿竟成了钟声格外青睐的
栖息地

垂钓,在白潭湖

远来的风缓缓掠过湖水
将落日吹到湖的那岸
任湖水轻轻拍打

夕光中,湖岸的苇草
也在风里徐徐缓缓摇曳
让我的心一丝悸动

骤将耐心拉长一杆钓竿
这才把贪心的鱼钩
垂进波心里

无数绝望与希望的目光
落在湖水的浮标上
瞩目渔竿钓一串惊喜

湖水毫不理会这些
它比垂钓的人都清楚
鱼,全都潜藏在水底

潜藏水底的鱼儿
就像湖岸众多的钓友

各怀各的心事

这不,浮标与我耐心隐忍
钓钩却抑制不住兴奋
它将垂钓者当作钓饵

至于那鱼咬不咬钩
很大程度上与诱饵有关

遗爱湖观荷

一

来不及审题
便将你读成一首朦胧诗了
天上月朦胧,地上水朦胧
你在月中水里

这是七月的夜
一个鲜嫩的季节开在湖里
何处吹来一缕晚风
骤以芳馨的爱
抚摸你冰清玉洁的风骨
你月光般温柔地笑了

更有你淡雅的神韵
真是从淤泥中脱颖而出吗
也许你不知道
有形有影
一任我深深的目光阅读

读着，盈盈心上
一朵刚出水的荷花骤然开了
花瓣上滚动的露珠
是我相思的泪

二

瘦瘦一湖秋水
几只灰鸟点点水走了
而你仍在
一任岁月爬上枯梗

风流殆尽
梦，与荷花一起凋零
夕阳似有意思地红
落红，映你不残的欲望

曾经有花
开在水上，楚楚动人
更有月色装饰你的清丽

使蛙鼓也充满诗情

有风徐徐吹过
翻动往事
你蜷缩的叶禁不住低吟
吟成秋天的句子

清明节，回黄州

车，驶过横在长江上的桥
就进入故土黄州了
不等我抬眼望向窗外
风雨突然就大了起来，落在
挡风玻璃上

我知道这是清明雨
有诗曰"清明时节雨纷纷"
可这清明雨比纷纷的雨
好像要大了许多
车不得不减速行驶，它知道
欲速则不达

无尽的雨，滴落下来
穿过时间缝隙落在车窗上
雨刷不得不加快速度

将车窗上的雨推向两边
好让伸向远方的路
变成无边的空白

不紧不慢,回到出生地
住在家山的父亲母亲
正等候远归的儿子
送上温情的祝福与问候
以及急需的冥币

人生,有些日子无法选择
你不得不冒雨前行

一座桥,简称鄂黄大桥

领略彼岸的焦灼之后
一座桥,骤以献身的悲壮
奋然掠过断裂的时空
一头连鄂城,一头接黄州

桥的上层,汽车奔驰向前
桥的下层,火车穿桥而过
至于桥下滚滚东去的水
有船,在江上来往穿梭

以前,要从黄州去鄂城
没有桥,只能以船为渡
当年苏东坡就是如此
每回都是借船而往

不只是苏东坡如此
当年我从边防回来探亲
虽然武汉到黄州有车可坐
但车到鄂城还得坐船

现在,这桥横在江上
不也是横在时间之上吗
有了桥,车就有了速度
时间就在车轮下缩短

流水,让空间产生距离
可一桥飞架,天堑变通途
不只如此,横在江上的桥
也丈量着祖国前进的跨度

2023年10—11月匆草于黄州、武汉